宝契谜局

刘博温 橡橡 著

图书在版编目（CIP）数据

宝契谜局/刘博温，橼橼著.—北京：知识产权出版社，2019.7
ISBN 978-7-5130-6335-7

Ⅰ.①宝… Ⅱ.①刘… ②橼… Ⅲ.①长篇小说－中国－当代 Ⅳ.①I247.5

中国版本图书馆CIP数据核字（2019）第122306号

责任编辑：卢媛媛　　　　　　　　责任印制：刘译文

宝契谜局

BAOQI MIJU

刘博温　橼橼　著

出版发行	知识产权出版社 有限责任公司	网　　址	http://www.ipph.cn
电　　话	010-82004826		http://www.laichushu.com
社　　址	北京市海淀区气象路50号院	邮　　编	100081
责编电话	010-82000860转8597	责编邮箱	luyuanyuan@cnipr.com
发行电话	010-82000860转8101/8029	发行传真	010-82000893/82003279
印　　刷	三河市国英印务有限公司	经　　销	各大网上书店、新华书店及相关专业书店
开　　本	880mm×1230mm　1/32	印　　张	8.5
版　　次	2019年7月第1版	印　　次	2019年7月第1次印刷
字　　数	180千字	定　　价	35.00元

ISBN 978-7-5130-6335-7

出版权专有　　侵权必究

如有印装质量问题，本社负责调换。

目录

CONTENTS

楔子　对决 —————————— 001

1　紫气东来 —————————— 005
2　老板请客 —————————— 013
3　第一桩命案 ————————— 020
4　神秘传言 —————————— 027
5　新来的客人 ————————— 033
6　吴家寨的由来 ———————— 040
7　隐秘的摄像头 ———————— 048
8　李怀鹏讲的故事 ——————— 056
9　又一具尸体 ————————— 063
10　十六字诀 —————————— 069
11　刘德建讲的故事（一）———— 076
12　野人 ———————————— 083

目录
CONTENTS

13　秦杉的回忆（一）　　　　　　090
14　秦杉的回忆（二）　　　　　　096
15　秦杉的回忆（三）　　　　　　102
16　秦海石的故事　　　　　　　　108
17　案情分析会　　　　　　　　　115
18　失踪案　　　　　　　　　　　121
19　袭击和绑架　　　　　　　　　127
20　吴家长房　　　　　　　　　　133
21　紫气东来洞　　　　　　　　　139
22　林氏集团　　　　　　　　　　145
23　梧桐的布局　　　　　　　　　152
24　再回吴家寨　　　　　　　　　159
25　背后主谋　　　　　　　　　　166
26　真实身份　　　　　　　　　　173

目录

CONTENTS

27	局中局	179
28	胁迫	186
29	蛇鼠一窝	193
30	秦林世仇	200
31	侦查小组	206
32	刘德建讲的故事（二）	211
33	夜审冯坤定	219
34	山雨欲来	226
35	围山	232
36	十年庆典	238
37	内鬼	244
38	生变	251
39	激战	257

尾声　履约　263

PROLOGUE

楔子 对决

深山,冷夜,大雨滂沱。

没有风,雨水像是从天上砸下来的,打在树叶上,石头上,啪啪作响。

通往山顶的小路上,隐约有一道人影,人影移动速度很快,不时淹没在丛林之中。即将到达山顶的时候,那人脚步慢了下来,抬头向上眺望。原来这是一个身穿蓑衣、头戴斗笠的男人。大雨之中,他依稀看到山顶上有一点昏黄的灯光,于是按了按头上的斗笠,加快了脚步。

山顶有一座亭子,亭子里原本有十数个电灯,如今只剩下一个还亮着,在夜风之中摇摇晃晃,灯火昏暗如豆。一个人坐在亭子下的木椅上,穿一身西装,浑身湿透。他头上戴着一顶高尔夫球帽,帽檐遮住了半张脸,看不清五官。

戴斗笠的男人走进亭子,朝身后望望,脱下蓑衣,却没有摘下斗笠,对坐在椅子上的西装男人说:"这个时候在这儿见面,是不是太危险了?"

西装男人说:"最危险的地方才是最安全的。这个时候他们都以为我藏起来了。"

"那你下一步打算怎么办?"戴斗笠的男人问。

西装男人说:"现在还不好说。不过万幸的是,我们还活着,只要活着,将来就有出路。"

说到这,他忽然觉得不对,对戴斗笠的男人说:"你刚才说什么?我打算怎么办?那你呢?"

戴斗笠的男人说:"你可以跑,我不能跑。"

西装男人说:"为什么?"

戴斗笠的男人说:"我不能跑啊。我还有妻儿老小在吴家寨。"

西装男人撇撇嘴说:"这都什么时候了,还妻儿老小?你先保住你自己的命吧!"

戴斗笠的男人说:"我跟你可不一样,我手上没有命案。"

"什么?"西装男人跳起来,"死了那么多人,你敢说你没有命案?"

戴斗笠的男人语调不变,冷漠地说:"那些人都是你和你的部下害死的,跟我有什么关系?"

西装男人忽然觉得自己是个天下第一的大傻瓜,几年了,居然被这个外表憨厚的老农民给玩儿了。他憋一口气,说:"我走了以后,你是不是就会把所有的事情都推到我身上?"

戴斗笠的男人轻声一笑,"什么叫推到你身上?本来就是你干的,我是被你胁迫的。"

西装男人差点气乐了,说:"八月十五中秋,你可是也欠了两条人命债啊。"

戴斗笠的男人说:"在场的人都可以作证,是你的人杀了那两个人,跟我无关。"

西装男人竖起大拇指说:"高!实在是高!天衣无缝啊!那你为什么还要来见我?"

戴斗笠的男人说:"我听你手下人说,你们摸到了那个野人住的山洞,拿到了藏宝图?"

西装男人说:"胡说八道!是谁说的?"

戴斗笠的男人说:"是谁说的不重要,重要的是你给不给?"说着,从腰里拽出手枪,嘿嘿一笑,"我现在把你打死,就是立了一大功,不但能将功折罪,弄不好还能拿到一笔赏金。你把藏宝图给我,我就放你走。"

西装男人叹了口气,摇摇头说:"非得这样吗?"他低头略一思忖,抬起头说,"好吧。既然你不仁,也别怪我无义,咱们今天就做个了结。"说着,手指一撮下唇,一声尖利的口哨声忽地响起。

"砰!"只听一声枪响,戴斗笠的男人应声倒下。亭子下闪出一个小个子男人,对着西装男人叫了声"老板",手里一把黑黢黢的手枪,枪口依然对准地上倒在血泊之中的斗笠男。

西装男人走向奄奄一息的斗笠男,轻巧地夺过他手里的枪,用枪管挑开他的斗笠。斗笠下,那张脸因为失血已经十分苍白。戴斗笠的男人临死前回光返照,挣扎着问了一句:"你的人还没死光?"

西装男人狞笑:"哼,死光?死光了谁告诉你我拿到了藏宝图。贪心害死人啊!"说着举起枪,却以迅雷不及掩耳之势调转枪口，朝着刚从亭子下爬出来的小个子男人开了枪。

子弹正中心脏。小个子还没来得及再发出声响就已经断了气。

戴斗笠的男人已经死了。西装男人把手枪塞回戴斗笠男人的手中，心里想着怎样制造出这两个人互相残杀的假象。抬头看看外边的大雨，又摇了摇头，把两具尸体拉出亭子五十米，从山后面的断崖抛了下去。然后他回到亭子里，从椅子下面的一个包里拿出一块布，认认真真地把亭子里的血迹擦干净，把每一个角落都擦得干干净净，用石子把唯一的一盏灯打碎，这才站起身，走向刚才小个子藏身的地方。那是一处深掩在杂草丛中的洞口，里面很深，但洞口也只有一米见方。

事实证明，西装男人没必要那么仔细。因为在他走后没多久，狂风就把雨水卷进亭子，亭子上上下下、里里外外都好似被彻底清洗了一番。所有的痕迹都被洗刷殆尽，山里像是什么都没有发生过。

1
紫 气 东 来

一团团白色的雾气从山间的竹林里溢出来,像是山中人家的炊烟。山风徐徐,湿漉漉的雾气云彩一样在高低错落的山村屋顶上飘过。山对面的人看山村,一会儿清晰,一会儿模糊;山村里的人看太阳,一会儿刺眼,一会儿不见。

山脚下是一条小河,河水清清亮亮的,水里的各种鱼虾活物都像是游弋在空气中一般,在岸上就清晰可见。河边有一条黑黝黝的柏油公路,蜿蜿蜒蜒,直达村口。沿着山村往上,可以看到一条弯弯曲曲的小路在树林和竹林中时隐时现,小路的尽头处有若干石阶,拾级而上,有一个亭子,亭子上有三个刻在石板上的字"卧龙亭"。卧龙亭红柱绿瓦,像是建造了不久,矗立在山顶之上。亭子的顶端,是一个上粗下细的圆墩,不知道是石头做的还是木头做的,像是一个老人头,俯瞰着下面的山村和山村里发生的一切。

这座高山名叫卧龙山,陡峭险峻。好像一围环抱的屏障一般，把吴家寨这个小山村护在心窝里。除了山脚下小河边那条弯弯曲曲的柏油路，没有第二条通道能从吴家寨走出卧龙山——当然，岁数比较大的吴家寨村民们总会跟游客说，吴家寨以前是土匪窝，有很多山洞密道是能够通往山外的。这种传说增加了吴家寨的神秘感，很多游客也跃跃欲试，但是很少听说有谁真的发现什么密道。当然吴家寨也有严格的规定，禁止游客们去山里找密道探险，毕竟这里是刚开发的旅游区，如果出了什么事故，救援都很困难。

山村叫作"吴家寨"，顾名思义，是这个村子里的村民姓吴的最多。其实，"山村"这个词对今天的吴家寨来说已经名不副实，原因有两个：一是这个村子里本来的"村民"已经所剩无几，大部分人都在前些年跑到城里打工去了，并且定居在城里；二是这个村子除了少部分房屋还保持着"山村人家"的样子，大部分建筑已经变样，虽然外表上除了"新"之外没有什么特别，但是走进去会发现，这些建筑已经变成了一个个独具风格的旅店，有西式的、日式的、欧式的，也有雕梁画栋的中式屋舍。时兴的称呼是"民宿式酒店"，简称"民宿"。比起那些仅仅是吃吃农家菜、住住农家屋的乡村旅游来说，这种民宿式酒店显然高了不止一个档次。这要感谢当地政府的招商引资工作，"吴家寨旅游公司"为村里带来了全新的服务，把原本的"农家乐"升级成了民宿酒店，接待水平上升了好几个档次。吴家寨的村民们由此获益不少，当然公司也有不错的收益，"吴家寨旅游公司"变成了"吴家寨民宿旅游服务集团"，据说正在准备上市。

随着这几年吴家寨在旅游行业的声名鹊起，当地政府也看到了它的价值，对其大力扶持，民宿早期发展面临的各种基础设施问题，包括水、电、天然气、无线通信基站什么的都一步步得到解决，上山的路也从原来的石子路变成了现在的柏油路。

吴家寨的村东头，靠近上山的柏油公路衔接村里的水泥路的交界处，有一座三层的中式楼房。楼房的房顶伸出来二尺宽的紫色屋檐，显得古朴大气。楼房的结构就像高层的四合院，围出一个方方正正的天井，天井上笼着玻璃罩，又保温又敞亮。这里是这家民宿的大堂，也是房客们吃饭聚会的地方。大堂的正面是朝南的落地玻璃窗，目及之处，青山绿水，美景如画。楼上的每一个房间也都有宽大的落地窗，有的有阳台，有的没有。

楼房靠近公路的地方，也就是南面的一个院子，是停车用的。院门在东南角，树立着一个高高的牌坊，上面写着四个大字"紫气东来"。这字写得大气磅礴，和北京颐和园里的那个"紫气东来"相比，毫不逊色。也许就是因为这一笔好字，这家民宿的名字就叫"紫气阁"。"紫气阁"三个大字，高高树立在主楼的房顶前，五里以外都能让人看得清清楚楚。尤其是晚上，牌子上的霓虹灯亮起，连对面的山上都能看得见。

院子的西南角是正在施工的工地，看起来是旧建筑还没有拆完的样子，一米半高的老砖墙裸露在外面。

紫气阁旁边的邻居是个懒惰的家伙，也就顺便把自己的民宿起名叫"东来阁"。东来阁正停业装修，院门紧闭，窗户也都被围得严严实实的。

这是一个秋天的下午，紫气阁的大堂里一个客人都没有。阳光透过玻璃房顶照射进来，屋子里暖洋洋的，梳着两个马尾辫儿的服务员小美正坐在椅子上发呆。

脚步声起，一个人从楼上下来。小美赶紧起身，看见走下来的是304房间的那个老头，心里略微有些不爽。在所有的客人里面，小美最不喜欢这个老头，总觉着这个老头有点古怪。

这老头身材瘦小，估计只有一米六出头，但给人的感觉并不羸弱，胳膊上和手背上青筋暴起，像老鹰的爪子。他的脸膛黑黑的，头发花白，走路的姿势有点奇怪，像是左右腿不一样长，一颠一颠的。那天他住进来的时候，就是小美接待的。一对年轻的夫妇，据说是他的儿子和儿媳，把他送到这里，说他们的爸爸不愿意在大城市的养老院里待着，想换个环境。在登记的时候，小美看了他的身份证，这老头姓秦，叫秦杉，六十六岁，家庭住址是北京西城区的某个地方。

老秦头眼神飘忽，一副心不在焉的样子，他站在那儿，你都不知道他的眼光落在什么地方。他轻易不说话，什么时候开口，说的话也是异常简洁。年轻人问他："爸，您喜欢住哪间？"老头答："朝南！"年轻人又问："爸，您喜欢住几层？"老头答："三！"年轻人问："老爸您饿了吧？想吃点啥？"老头答："面。"年轻人问："老爸您打算在这儿住几天？"老头答："不知道。"

小美一开始觉得好玩儿，还想这老头是不是脑筋有点问题，可后来发现这老头除了话少，其他都与正常人无异。但是他不怎么跟其他客人交流，一直是独来独往，行踪不定，脸上也是一副心事重重的样子，极少有笑模样，小美就有点怵他了。其实除了小美，其他的客人也对他敬而远之。

老秦头穿着宽松的棉布裤，蓝色对襟褂子，脚上套着拖鞋，看见小美也不打招呼，径直走到一张桌子前坐下。小美走向前，刚要问他想要点什么，忽见老秦头眉头一皱，眼睛半眯，缓缓转过身盯着小美。小美不知怎么心中一慌，舌头就有点打结，问："大，大爷，您要点什么？"

老秦头面无表情，嘴里吐出俩字："辣椒。"口音之中带着点湖南口音。

"呃，辣椒？"小美立刻懵了。

老秦头眼光看向桌子："这儿，辣椒。"

小美更是丈二金刚摸不着头脑："什么辣椒啊？"

老秦头伸出手指，指向空空的桌子中央："辣椒。"

小美歪头想想，忽然恍然大悟："啊？那盆朝天椒，是您吃的？"

老秦头点头，梗起脖子问："没了？"

小美顿时心里来气。原本每张餐桌中间都摆了一盆鲜花，眼前这张桌子上则是摆了一盆装饰用的朝天椒，是小美的哥哥上次来看她时给她带的。中午吃完饭后，小美发现那盆朝天椒上原本挂得满满的红辣椒只剩下了一半，不知道是被哪个客人给摘走了，为了保护剩下的辣椒，她就把花盆搬走了。现在才知道，原来是这个老秦头干的。

小美耐住性子，细心地向老头解释："大爷，那盆辣椒不是给您吃的，是摆着看的。"

老秦头翻翻眼皮，问出三个字："为什么？"

小美一时语塞，为什么？这能有什么为什么啊！

老秦头坐在那儿，眼珠不错地盯着她。

小美心里发毛，有点不知所措，忽然急中生智，大喊了一声："桐姐！"没人答应，于是又喊了三声："桐姐！桐姐！桐姐——"

"来啦！"

一声清脆的回答，从楼上传下来。楼梯处，一个苗条的身影出现。从楼上走下来的是个妙龄女子，不到三十岁的年纪，身高一米七上下，上身穿一件蓝色衬衫，下身穿一条紧身牛仔裤，脚下穿一双蓝色运动鞋，一头长发盘成丸子头，小脸，尖下颏，圆眼，柳叶眉。她不疾不徐地拾阶而下，眼睛弯起来笑眯眯的样子，给人的感觉亲切又阳光。

"怎么啦，小美？出什么事儿了，大呼小叫的？"一边说着，一边走进了大厅。

小美急步走上前去，背对着老秦头对来人小声说："桐姐，中午那个偷吃朝天椒的人就是他。"说着嘴往身后努了努，"吃了我那么多辣椒还不够，刚才还跟我要呢。"语气有点忿忿的。

"哦？"桐姐优雅地转过身，看着老秦头，嘴角牵起，微微一笑，说，"老人家，您好。我是这儿的老板，叫梧桐。您有什么事儿跟我说。"显然是个极为利落能干的酒店老板。

老秦头扭过脸来，双眼眯成一条缝，盯着眼前的女孩儿，半响，冒出两个字："姓吴？"

梧桐笑脸依旧，回答道："对，口天吴。我叫吴桐，在网上，用梧桐树的梧桐当网名。"

老秦头点点头，又问："本村的？"

梧桐老老实实地回答道："对呀。我就是本村，吴家寨的。"

老秦头低下头，好像在想什么，过了一会儿，抬起头又问："你父亲是？"

梧桐眼睛暗了下来，脸上好似闪过一片阴云，没有回答对方的问题，而是反问了一句："朝天椒是您吃的？"

老秦头点点头。

梧桐眼睛里露出些惊讶："您一顿吃了半盆？那可有十几只朝天椒啊！"

老秦头没有再接话，低下头，站起身，什么也没说，缓缓转身朝楼上走去。

小美在旁边嘟囔道："莫名其妙！有病吧？"

梧桐兀自沉浸在吃惊之中。要知道朝天椒的辣度据说是普通辣椒的四百倍，一般人吃半只都受不了，这老头居然一顿吃十几只，而且貌似也没点什么饭菜，不然小美不会没注意到。

小美看老板发呆，说："要不要让这老头赔钱？"

梧桐回过神儿来，对小美摇摇头说："没事儿的，几个辣椒算啥。对了，现在住进来多少人了？"

小美掰着指头，嘴里念叨着："总共九个房间，住了，住了，哦，我数数啊，202，203，204，205，302，303，304。对，老秦头就住304。除了201和301，住了七间。"

梧桐点点头，想了想，说："你给所有人发微信，说今天晚上六点半，我在大堂请所有客人吃饭。跟人家说清楚哈，是我请,他们免费的。"

小美睁大了眼睛:"桐姐,您说真的?"

梧桐莞尔一笑:"这还有假?快去吧。我去嘱咐厨房多炒几个菜。"

2
老 板 请 客

夕阳西下,远山如黛,吴家寨披上了一层金黄色的霞光,静谧而美好。

当落日的最后一缕霞光黯淡下来的时候,紫气阁大堂里的灯光亮了起来,空气中飘荡着饭菜的香味和邓丽君温柔的歌声。

平常吃饭的圆桌都收了起来。大堂中央摆出一个大号的圆桌,就像联合国在开会一样。这个大堂本身就是一个多功能厅,可以用来吃饭,也可以用来开会,靠近楼梯的地方,还有一个小小的舞台。

梧桐站在舞台上,看着众人忙活着。桌子摆好了,雪白的桌布铺上去,桌子中间还放上了几盆花。梧桐对小美说了几句话,小美不太情愿地把被老秦头吃了一半的朝天椒也搬到了桌上。

凉菜开始上桌的时候,客人们从楼上陆续下来了。

最先到来的是一对年轻的夫妇,他们也就是二十来岁。男孩身高一米八几,运动员的身板,脸型俊朗,棱角分明,穿着一身休闲服。女孩身材娇小，鹅蛋脸，细眼弯眉，长相娇俏。她身上穿着一条碎花连衣裙。两个人挽着手，有点好奇地打量了一下大堂，转身看向梧桐。

梧桐笑吟吟地："欢迎欢迎。我是梧桐，这里的老板。"

女孩的眼睛睁大了，有点惊讶地问："啊？您就是老板？这么年轻？"

小伙子拽拽女孩的胳膊，上前问好："您好，我们是住在302的。我叫李怀鹏，这个是我太太，叫……"还没等他说出来，女孩子抢着说道，"不用你说，我自己说。我叫菲菲。老板您这么年轻，我叫您姐姐好不好啊？"

梧桐听了莞尔："当然可以啊，他们都叫我桐姐。"

菲菲高兴地放开拉着丈夫的手，双手抓住梧桐的手腕，高兴地说："太好了，我又多一个姐姐啦。"

李怀鹏有些无奈地看着这个小妻子撒娇的模样，一脸宠溺。

梧桐笑着说："那太好了，我也多一个妹妹。你们快坐下吧。"

李怀鹏和菲菲，刚坐好，楼梯上又响起脚步声。

这次下来的是一个中年男人，穿着西装，戴着一副金丝眼镜，斯斯文文的样子，手里还拿着一把折扇，天不热，扇子却不断轻轻地摇着。

梧桐迎上去，"欢迎欢迎。"

男人优雅地一笑，很有礼貌地欠了欠身，说："您好，吴老板，我是冯律师，冯坤定。住在303。"一副公鸭嗓，让人听起来觉得很不舒服。

梧桐伸手做了个很职业的手势，指向餐桌："冯律师，您请。"

冯律师并没有多话，转身走向餐桌，在李怀鹏夫妇的对面落座。

还没坐稳，又有两个人从前厅的大门里走了进来。这两个人一高一矮，显然是急着赶回来的，脸上都是汗津津的。高个儿的汉子有三十来岁，穿一件短袖T恤衫，胳膊上的肌肉疙里疙瘩的，前胸圆鼓鼓的，细腰，如果他穿上紧身衣，估计能看出那八块腹肌。四方脸，卧蚕眉，脚下一双布鞋，黑色裤子，平头，头顶上还沾了两片树叶。矮个儿的是个小胖子，一副娃娃脸，脸膛黑黝黝的，跟高个儿汉子有点像，浓眉大眼大嘴巴，打扮也跟高个差不多。

两个人一进门，矮个子就叫起来："小美，我们没迟到吧？"很显然，这两个人跟小美已经很熟悉了。

小美笑笑说："没迟到没迟到，你们还算来得早的呢。"

高个子憨憨一笑，问小美："今天不是说你家老板请客吗？老板呢？"

小美忍住笑，小嘴往舞台上歪了歪："呶，那不是？"

高个子眼睛望向梧桐，眼神里露出惊讶："吴老板？哦，您好您好。我们是住在202的。我叫刘德建，这个是我弟弟，叫刘德生。"

梧桐笑脸相迎："欢迎欢迎。您二位这是上山了吧？"

弟弟德生抢着说："对，刚从山顶上回来。山里的野果子可真多。"

已经落座的菲菲听了站起来："哪儿有野果子啊？赶明儿您带我们去采摘行吗？"

德生满口答应:"没问题!"

小美撇嘴说:"答应得倒是痛快!你可别把人家小妹妹给带迷路了,回不来了。"

德生哼了一声:"你也太小看人了,我老家离这儿不远,是西边龙爪屯的,就这几座山,我闭着眼也能走个来回。"

德建轻咳一声,责怪弟弟:"还不闭嘴——一天到晚净会吹牛,惹人笑话!"

梧桐忙打了个圆场:"去山上玩还是要小心些。我们这儿不比龙爪屯,山上岔路多,山崖陡,树林又密,常有人迷路。别说你是其他村的人,就是本村的村民去年还走丢了一个呢。警察也找,我们也找,到现在连个影儿也没找到。"

德生不敢言语了,德建拉着他去桌旁坐下了。

梧桐用脑袋代替手指,一点一点地数着人数。正在这时,一个有些慵懒的声音从楼上飘下来:"哎呀,饿死了。什么时候开饭啊?"

一个白色的身影轻盈地下了楼梯,来到大厅。

梧桐仔细打量着这位来客。这是一位年龄在四十到五十岁之间的女士,身材丰满,中等个儿,穿着一套宽松的白色太极练功服,脚下是一双软底练功鞋。她的皮肤极好,脸色红润,看得出来,年轻的时候一定是个超级美人。

梧桐笑了笑:"您好,您别急,晚饭马上就会好了。您怎么称呼?"

美妇好像这才看见梧桐,在梧桐脸上端详了半天,点点头:"您就是吴老板?"

梧桐赶紧说:"不敢不敢,算不上老板。您叫我小吴或者梧桐都行。"

美妇咯咯一笑:"还是一位美女嘛,呵呵。我是杨老师,住在203的。"

梧桐规规矩矩地弯腰,给杨老师行了一礼,说:"杨老师您请入座。"

最后来到的,是老秦头。他还是一副心不在焉的样子,也没跟谁打招呼,往桌上看了一眼,就坐到了那一盆朝天椒前,伸手就掐了一只,塞进嘴里,咯吱咯吱地嚼。众人看得目瞪口呆。

小美来到梧桐身边,跟她耳语几句。梧桐点点头,对小美说:"让厨房开始上菜吧。"

邓丽君的歌曲停了下来,大家的目光集中在小舞台上。一束温柔的灯光,洒在舞台中心女主人的身上。梧桐双手交叉轻握,笑容真诚,落落大方:"大家好!我是紫气阁的老板,大家可以叫我梧桐。"

小美领头开始鼓掌,大家也跟着热烈鼓掌,气氛轻松起来。

"还有两位客人没到,一个说在城里回不来,另一个没回微信,咱就不等了。我先给各位道个歉。前两天我一直在城里采购,没在店里,没能给各位接风洗尘,还请大家原谅。"梧桐说完,向台下微微鞠了一躬。

众人都笑起来,觉得这位女老板客气周到,待人亲切,对她又添了几分好感。

"大家来到紫气阁,是缘分,也是我的荣幸。其实大家能在同一个屋檐下一起生活几天,说明我们彼此是很有缘的,大家说是不是？"（众人都说"对"）。我先介绍一下我自己，然后也请各位自我介绍一下，好不好？"

众人都说好。

梧桐接着说："有些朋友已经知道了，我的网名叫梧桐树的梧桐，真名是口天吴，梧桐树的桐。大家叫我梧桐，小吴，都行。我是本村的人，前几年在北京读研，学的是国际经济专业。一年前，我父母出了车祸。"说到这里，梧桐抬起头，顿了顿，平静了一下情绪，接着说，"我就回来接他们的班了。"

说到这里，气氛有点压抑。菲菲出声问道："桐姐结婚了没？"

问题来得有点突然，梧桐一怔，随即大大方方地笑道："没有啊，我连男朋友也都还没有呢。以前在北京倒是有人追过，现在在这儿就没人追了。你要是遇见好的，给姐姐介绍一个？"

众人都被她开朗的话语逗笑了，气氛又热乎起来。梧桐说："我的事就这些，大家也都自我介绍一下吧。从谁开始啊？你话多，就从你开始吧。"说着指指菲菲。

菲菲刚说了句"好"，就被旁边的李怀鹏打断了："桐姐，我俩是来补婚假的。"

"补婚假？"大家有点好奇。

李怀鹏接着说："对。我和菲菲是大学同学，我们去年就领证了，但是我俩都忙，没空办婚礼，这次到这儿来就算是旅游结婚了。"

大家"哦"了一声，表示了然。梧桐笑笑，说："下一个？"

挨着李怀鹏夫妇的是冯律师。冯律师把手中的扇子打开，摇了片刻才抬头，公鸭嗓沙沙地说："哦，我是冯坤定，律师。来休假,休假。"说完就闭嘴了。

接下来说话的是老秦头:"秦杉,儿子送来的。"大家听了都笑,老秦头也不生气。

刘家哥俩里的高个子开了口:"我俩是本县的,我是个健身教练,在县城开健身房。生意不好,就关了门来山里玩玩儿。"

最后是杨老师。杨老师翘着下巴,有点居高临下地看着众人,说:"我啊?我是个作家,你们叫我杨老师就好。"

菲菲嘴快,问:"您是作家呀?您都写过什么作品呀?"

杨老师居然一时语塞,有点悻悻地回答说:"自己查去。"

菲菲被怼,不以为意,伸伸舌头不再说话。

大家忽然都不出声了,气氛凉了下来。梧桐坐在靠舞台的椅子上,笑眯眯地看着大家,也不说话。除了菲菲和德生两个小年轻还在喊喊喳喳不知道说什么,其他人都低头伸筷子夹菜。这时候,热菜也开始上桌了。

3
第 一 桩 命 案

一个声音打破了平静,是李怀鹏。

"桐姐,我听说……"李怀鹏说了五个字,忽然犹豫起来。

"对呀,我也听说了……"刘德建也忍不住插了一句,但他没把话说完。他扭过头去,和李怀鹏目光对在一起,又马上分开。

"哦?你们都听说了什么呀?"梧桐饶有兴趣地问他俩。

李怀鹏和刘德建又相互对视一眼,都摇摇头。

梧桐笑了,转身问其他人:"你们呢?听说了什么没有?"

杨老师脖子扭向窗外,一副懒得回答的样子。

老秦头眼神迷离,好像没听明白。

冯律师轻摇折扇:"听说?听说的多了,您问哪一个?"

梧桐没理他,扭头向李怀鹏:"还是你说吧?"

所有人的目光都聚焦在李怀鹏年轻英俊的脸上,包括杨老师。大家像是在期待什么。

李怀鹏脸有点红，不好意思地轻声说："我是在来的路上听同车的乘客说的，说，说你们这里挖出了宝贝。"

梧桐脸上还是带着笑容，问刘德建："你也是在路上听说的？"

刘德建脸倒没红，回答道："我是在县城听说的。跟他说的一样。"

"好玩儿。"梧桐笑笑，接着问，"他们有没有说是什么宝贝呀？"

李怀鹏摇头，刘德建也摇头。菲菲睁着大眼，眼睛里都是问号，看向德生的方向。德生把头藏在哥哥身后，不看菲菲。

"什么宝贝，吴老板拿出来给大家看看不就知道了吗？"冯律师突然发话。

梧桐美目一转，刚要说什么，又恢复了笑容，看向冯律师。冯律师很坦然，追了一句："我说的对吗？"

梧桐还没答话，杨老师却忽然插嘴："当然对呀。是不是小吴？"说着话，眼光盯向梧桐，闪过一丝凌厉。

梧桐不动声色，嘴上却很自然地否认："什么啊？我可没听说啊！我们这深山老林穷乡僻壤的，哪来什么宝贝呀。你们觉得这里是十三陵？"

菲菲扑哧一声笑出来："十三陵？要是十三陵我可不来，那么多死人多可怕。"

说着话，小美端上来一道菜。梧桐对大家介绍说："这道菜是我们这儿的特产，红烧土狼。"

菲菲叫道："狼？这是狼肉吗？这山里的？谁打的？不是要

保护野生动物吗?"

小美回答说:"对呀。就是我们山里的狼,但它不属于保护动物。至于谁打的,你猜猜?"

菲菲小嘴一撇:"我怎么猜得着啊?这儿我谁都不认识。"

小美逗她道:"谁都不认识?你不认识我和桐姐吗?"

德生忽然探出脑袋,有点不可思议地问:"你俩?你打的?"

小美摇摇头:"我哪有这个本事!是桐姐打的!"

大家的表情忽然好看起来。菲菲、德生、李怀鹏、刘德建都是一副难以置信的模样。冯律师则是皱了一下眉头,杨老师不相信地撇撇嘴,老秦头眯着的眼睛睁了一睁,但立刻又恢复到原来的样子。

梧桐抿嘴一笑:"那天是我们好几个人一起出去打猎的。"谦虚了一下,但也没否认。

众人神情各异地笑着。李怀鹏似乎还想说什么,但是张了几次嘴,都没有说出来。梧桐看着他心里好笑,知道他还想问宝贝的事儿,也不说破。

之后的气氛就有点诡异了,大家东拉西扯,不久杨老师就说累了要回房休息,老秦头也抬腿就走。其他人也都吃得差不多了,于是陆续散去。

梧桐和小美一起收拾完餐桌,关上灯,抬头向窗外看去,上弦月挂在空中,月光照进大堂。

又一个山中静谧的夜晚。

"啊——"黎明前,一声凄厉的惨叫划破夜空,在山里回荡着。

紫气阁的灯光亮了起来，住客们被这一声惨叫惊醒，纷纷披起衣服来到大堂，询问出了什么事。

梧桐也刚从楼上下来，她一身花布睡袍，外面披了一件长大衣，很显然是刚被惊醒。小美递过来一个湿毛巾，梧桐擦了擦脸，朝四周看了看，刚要开口，就见一个人从大门外匆匆跑进来。大家一看，是传达室的老马。

紫气阁就只有老马一个男人。两个厨师，一个前台加服务员，也就是小美，还有一个打扫卫生的，都是女人。老马白天在传达室指挥客人停车加收发快递和邮件，晚上则住在传达室，算是个门卫，主要是防止山里的动物闯进来。

老马急匆匆地走到梧桐面前，说："吴总，在西面。"梧桐点了点头，示意他带路。

出东南门绕向紫气阁的西面。众住客也都跟了过去，梧桐没有阻拦他们。

西墙根下，有个人影蜷缩着，老马用手电照了一下。

梧桐没有走得太近，转身吩咐小美："打电话给乡派出所，马上。大家都离远点，保护现场。"

跟在她身后的人看了一眼，离得远的啥也没看着。人群中有人说，估计是个小偷，想偷东西，从墙上摔下来的。很多人附和。

不一会儿，警笛声在山间公路上响起，十几分钟后，警车就到了现场。这些警察居然是县公安局的，梧桐有点惊讶，现在的政府效率真是太高了。后来才知道，这辆警车昨晚就停在乡派出所了。

车上下来四个人，两个是县公安局的警察，一个人手里拿着尺子，一个人的背上还背着个箱子。开车的小警察是乡派出所的，叫小顺，村里人都认识。另外一个人，却是吴家寨的村支书兼村委会主任吴记，一个五十多岁的男人，大家都习惯叫他村支书。

吴记走在最前面，脚步匆匆地挤过人群，一眼看到梧桐，像是吃了一惊："桐桐，你怎么也在，你不是要明天才回村的吗？"

梧桐看见吴记，好像也有点吃惊："哦，事儿办完了，我就早一天赶回来了。记叔，您怎么也来了？"

吴记很关切地说："乡里打电话说你这边出了事儿，我就让他们接上我一起过来了。"

两个警察过来跟梧桐打了招呼。拿尺子的那个叫李夫雄，县公安局的刑警队长。背箱子的叫赵全海，是个老法医。他俩先问了一下最先发现尸体的老马，老马说，自己是在执勤的时候听见一声惨叫，过去就发现了墙脚下的尸体，没敢多看，就去找梧桐了。

两个警察又去查看尸体。李夫雄打着手电，前前后后量了几遍，抬头用手电照着看墙面，又吩咐人搬了梯子，一直从地面看到三楼的窗户。赵全海则一直蹲在尸体旁边，不时从箱子里拿出钳子镊子各种工具，夹了一些什么放在塑料袋里，反复在尸体的鼻子下面和右小腿下面探查。大概十分钟之后，他对李夫雄说："应该是高空坠落，当场死亡的。"

4

神 秘 传 言

紫气阁的房子布局是这样的：一楼，东南方和天井连起来，作为前台、礼宾处和大堂使用，大堂中间一条走廊可以出北门上山，东北方有一间是储藏室，放一些不用的家具和被褥，有时候也会放一些备用的米面粮食。西北的两间并一间是厨房，西边的一小间是一个厨师和小美住的。紫气阁的另一个厨师是本村的，在酒店没有房间。西南角的一小间就是老马在的传达室兼门卫房。

二楼和三楼的格局是一样的。201，301都是朝东北的，是两个单间打通合并而成的双人间；202，302则是朝东和南的双人间；203，303是正中朝南的单人间；204，304是朝西南的单人间，而205，305都是朝西北的双人间。人多的时候，双人间就变成两个单间，譬如205，就变成205A、205B，说是单人间，就是面积小一点，大床是足够睡两个人的。

紫气阁往西不到五十米，是另一家民宿酒店，也是三层，结构跟紫气阁类似，叫东来阁。目前正在装修，窗子都封上了。

两个警察在大堂里挨个儿询问了所有的住店客人，以及老马、小美、厨师王婶。做了记录后，在店里上上下下每一个房间都检查了一遍，才开车回了县城。

午饭后，县公安局又来了几个人，前前后后里里外外又检查了一遍，拍了照，吩咐梧桐等人不要离开，等待询问。晚饭的时候，客人们像以往一样分小桌吃饭，免不了议论纷纷，倒也看不出有多惊慌。只有菲菲好似有点害怕，依偎在李怀鹏身边寸步不离。

第二天早上，县公安局来了电话，说死者的身份已经查清，是县城里一个惯偷，也是一个盗窃案的在逃犯，外号小六子。公安局说，基本可以判断是小六子想入室行窃，不小心从三楼上摔了下来，一命呜呼。

德建和德生哥俩听了恍然大悟，说原来是"六指神偷"，他是县里的"名人"嘛。梧桐问他们是否见过这人，哥儿俩犹豫半天，才说见过一面，是在饭馆吃饭的时候别人指给他们看的。因为只是看过一眼，所以刚才警察问的时候就没想起来。这时候知道是六指神偷，才确定自己见过。

德建兀自嘟囔了一句："什么六指神偷啊，三层楼都能摔死，假的吧？"

梧桐让小美把县公安局的消息通过微信告知给各位住客，众人都松了一口气，该干嘛干嘛去了。

出事儿的第二天下午。县公安局会议室。

县公安局局长刘刚坐在桌子顶头，他的右手边就是昨天早上去吴家寨的两个警察——刑警队长李夫雄和老法医赵全海。

李夫雄对刘刚说:"我和老赵去查看尸体的时候,我一眼就认出来那是在逃犯小六子。问题是,这么一个号称六指神偷的家伙,作案无数,警察都一直抓不到他,怎么会阴沟里翻船,这么容易就从三楼掉下来摔死了呢?"

赵全海也看向刘局长说:"我觉得他是被人打下来的。"

刘刚问:"你为什么有这样的判断?"

赵全海把面前的电脑插上投影仪,一张张照片投放在屏幕上。

"看,就是这张。"赵全海指着屏幕上的照片说,"这是死者的后脑,有伤口,流很多血。一开始我以为是他从三楼掉下来的时候,后脑着地磕破的,但是仔细观察,发现了两个疑点。第一,从现场的痕迹看,死者摔下来的时候并不是后脑着地,而是脚先着地,然后仰天摔倒的。可是他摔下去的那一片地正在休整,都是沙地,别说石头,连块大点的石子都没有。他的身体蜷曲,更像是疼痛造成的。第二,如果是后脑磕在硬物上,伤处应该是片状的,可是您看,"赵全海指着一张放大的照片,"清洗完血迹之后,伤痕接近圆形,头皮凹进去很深,所以不像是摔的,倒很可能是被一个圆形的硬物砸了一下,造成失血过多而死。"

李夫雄仔细看着照片,分析说:"如果是这样,说明死者在爬上三楼的过程中遭到了袭击。一种可能是有人在二楼窗户那里用硬物砸了他的脑袋。"

赵全海摇头说:"这不可能。因为我们在三层发现了他剐蹭在雨水管上的布料，这说明他已经爬到了三楼窗户附近。而且他一定是面对墙壁往上爬，二楼窗户里的人不可能袭击到他的后脑。"

李夫雄说："对。那就是剩下两种可能。一种，是三楼窗户里有人实施袭击。还有一种，就是死者发现了什么状况，从三楼滑落下来的时候被人从背后袭击。我觉得这种可能性比较大。"

赵全海点点头："对。如果是前者，那么紫气阁的老板吴桐有很大的嫌疑。但是，我个人觉得不是她。因为，第一，据我们现场观察，窗户与房间的地面有一定高度，窗户里面要摆一张桌子或者凳子，人站在上面才能把双臂伸出窗外打人。而房间里窗户下并没有桌子或者凳子，其他物件也没有挪动的痕迹。第二，如果真的是吴桐打的，她完全没有必要向我们隐瞒。因为那个小六子怀揣凶器，企图深夜翻窗，她打倒小六子是正当防卫，不仅不是犯罪，还是应该表彰的勇敢的行为。"

李夫雄点点头，说："同意。我跟她谈话的时候，觉得这姑娘虽然受了惊吓，但谈吐很有逻辑，确实是受过教育的高材生，懂法律，应该不会因为害怕就不敢向警方坦承自己在防卫中伤人的事实。"

刘局长忽然插嘴道："你确定？"

李夫雄被局长这么一问，犹豫起来，思量了一会儿才说："也不是百分百确定。你为什么这么问？"

刘刚说："这些天外边在传一个谣言，你们没听说吗？说是吴家寨的紫气阁在拆老房的时候拆出来什么宝贝了。"

"这个还真没听说。要是知道，当时就会问她了。难道小六子去爬楼就跟这宝贝有关？"李夫雄问。

刘刚说:"不排除小六子听说了什么,然后去紫气阁碰运气。"

李夫雄犹豫着说:"那我是不是该问问吴桐那丫头,到底有没有宝贝这回事……"

刘刚笑着摇了摇头,"这种道听途说的事,不能作为证据。我觉得咱们还是集中考虑一下刚才说的第二个可能吧。"

李夫雄点点头:"对对,还有第二种可能,就是小六子是在地面上被人袭击的。如果是这样,那么这个人又是谁呢?现场也没有发现其他人的可疑痕迹。这个人为什么要打死小六子?他从哪里来,之后又跑去哪里了呢?"

三个人都是紧锁眉头,思量了半天。

半晌,李夫雄说:"其实,除此之外,还有一种可能。"

刘刚和赵全海都有点惊讶:"哦?"

李夫雄接着说:"304住的那个叫秦杉的老头,别看他一副迷迷糊糊的样子,话也不多,但我的直觉告诉我,这老头有功夫底子,甚至可以说是个高手,武功不弱。"

赵全海惊讶道:"那个说话不超过三个字的老秦头?"

李夫雄点点头,"对。"接着又说,"我练过功夫,也见过很多圈子里的人,我相信我的直觉。但是这个也不能作为证据证明老秦头就是可疑人员。"

大家又是一阵沉默。

过了一会儿,李夫雄说:"对了局长,我在检查紫气阁的时候还发现了一个情况。"

刘刚问:"哦?什么情况?"

李夫雄说:"我至少在三个房间中发现了隐藏的微型摄

像头。"

赵全海说:"你为什么说'至少'?"

李夫雄说:"因为我推测其他房间应该也有摄像头,只不过是没被我发现。而且,"他顿了顿,接着说,"这些摄像头安装得十分隐秘,就连我这个老侦查员也差点没发觉。譬如其中有一个摄像头是安装在房顶的椽子中的,特别像椽子木头上的一个疤,伪装得十分专业。"

"在酒店大堂安装摄像头还可以说是安全保障,在客人房间里装摄像头,这是属于违法了吧。"刘局长皱起了眉头,"紫气阁的主人吴桐是名校毕业的研究生,不至于不懂法,又是个大姑娘,为什么要偷拍住店的客人?"

李夫雄说:"我也觉得很奇怪。这姑娘在村里口碑很好,为人正派大方,村支书对她简直是赞不绝口。她不像是要偷窥或者偷拍色情录像来要挟客人,说是为了防止客人拿店里的东西吧,这种做法也是不合法的。我想这事跟案情也许有关系,所以就没有说破,回来等大家商量了再看下一步应该怎么办。"

"我们完全可以以此为理由搜查紫气阁。"赵全海想了想,又说,"会不会这也跟那什么宝贝有关?"

刘刚把头仰在椅子背上,眼睛朝天,想了一会儿,自言自语地说:"有点意思,有点意思。我还真是好奇这个吴家寨,一个小山村,突然引来这么多高人……这样,咱们先盯紧紫气阁,不要打草惊蛇。如果真有'宝贝',梧桐是瞒不住的,估计接下来还会有动静。"

5
新 来 的 客 人

午饭后,客人们出去玩的出去玩,没出去玩的在房间里睡午觉。梧桐穿了件湖蓝色的连衣裙,泡了杯咖啡,坐在大堂里慢慢品着,桌子上放了一本书,是阿加莎·克里斯蒂的小说《无人生还》。

也不知过了多久,大堂的静谧被两个年轻人打破。德生和菲菲跑进大门,菲菲手里还提着一个篮子,看见梧桐,就叫道:"桐姐桐姐,我去厨房把刚摘的果子洗洗,一会儿咱们一块儿吃。"

德生憨头憨脑地跟在她背后,朝梧桐嘿嘿一笑,跟着菲菲朝后边去了。

梧桐对他俩笑着点点头,心里有点奇怪:菲菲的老公李怀鹏在哪里?这小两口亲亲密密形影不离的,怎么今天李怀鹏这么放心让自己的小娇妻跟别的男人出去玩儿?

过了一会儿,这俩人从后面走出来。菲菲手里端着盘子,盘子里面盛满了野果子。其中有一半是一种叫"杜梨"的小梨，比一般的梨小很多，核桃般大小，吃起来很涩。另外一半就是青核桃了，这个东西要把外边的一层青皮剥去，才能看见里面的核桃。如果不带手套用手剥那层青皮，手上会染上一层紫色，好几天都褪不下去。

梧桐对这两样野果都没兴趣，因为对她来说这些东西实在是没什么稀奇的。她只是提醒菲菲剥核桃的时候要戴上手套。德生显然也没啥兴趣吃这些东西，他和梧桐一样，他也是本地人，只不过家不在吴家寨，是在卧龙山往西的龙爪屯。

等到两个人坐到桌边，梧桐问："怎么就你们俩啊？怀鹏和德生呢？"

菲菲撅了撅嘴说："他俩呀，一大早就跑出去了，也不知道去了哪里。我跟德生约好去摘野果子，吃完早餐就去了。"

梧桐说："哦，那你们没吃午饭吧？我让王婶给你们做点吃的？"

菲菲说："不用啦，我吃野果子就吃饱啦！"

德生肚子里咕咕叫，说："我饿，我去找王婶要碗面条吃。"说着起身去后面厨房了。

菲菲也去厨房问王婶要了橡皮手套，拿了锤子和案板，一颗一颗把青核桃砸开剥皮，干得很是认真。

梧桐看着她，觉得这女孩子真是可爱，就问："你和怀鹏是怎么认识的呀？"

菲菲头也没抬，说："我俩呀？我俩是大学同学，可不是一个年级。他比我高两届。在学校的时候他就追我，一毕业我们就结婚了。"

梧桐了然，接着问："怎么想起来到我们这儿来补婚假的呀？"

菲菲还是认真地摆弄着不听话的青核桃，回答说："唉！本来是要去马尔代夫的，我都找好旅游公司了。后来，后来有一天，我大姨来了，哦，不是我大姨，是李怀鹏的大姨，她说你们这儿可好了，李怀鹏就改主意来这儿了。我看呀，他就是想省钱。哼！"

梧桐笑了，问："大姨说我们这儿什么好啊？"

菲菲说："什么都好。哦对了，大姨就是这个村的人啊。李怀鹏说他妈就是这村里的，不过他妈妈几年前就去世了。"菲菲毫无防备，随口就说，也没在意话里的逻辑。

梧桐眼睛一亮："真的啊？我可是这个村长大的，也许我认识你家大姨呢。她叫什么啊？"

菲菲想了想，"大姨叫吴胜梅，怀鹏的妈妈叫吴胜兰。梅兰竹菊呢，不知道有没有吴胜竹和吴胜菊。"

"吴胜兰……"梧桐自言自语，没有继续刚才的话题。

门外的汽车声打断了梧桐的沉思，她隔着玻璃墙朝院子里望去，看见一辆绿色吉普车开进院里停下，车里下来一个小伙子，背着背包，背包之外好像还有画板。吴家寨的民宿，每年接待的客人里总会有一些画家和摄影师之类，毫不奇怪。年轻人下了车，从后备厢取出一个行李箱子，拖着走进大厅，正看见梧桐和菲菲两人，就说了一声："来客人啦。"

梧桐笑着上前，礼貌地打量了一下眼前的年轻人。这是个书生一样的小伙子，白脸，戴着一副金丝眼镜。身材不胖不瘦，一身休闲打扮。和很多留着长发长胡子的"艺术家"不一样,这小伙儿胡子刮得干干净净,头发剃得短短的,平头。但即便是这样,这个人身上也蛮有艺术气质的,一点都不俗气。

"欢迎欢迎。"梧桐说,"您是在网上预订了房间吗?"

小伙子笑笑说:"不好意思,没有预订,就是开车开到这儿,看见您这是头一家,就进来了。您要是没有空房,我就去下一家。"

梧桐赶忙说:"有有有。"扭头朝后面喊了一声,"小美,你来一下!"

平常是小美守在大堂这里的,今天梧桐在,就让小美回去睡午觉了,没想到来了客人。

小美在楼上应了一声,踢踢拖拖地跑过来,她根本就没睡午觉,在房间里打游戏呢。

小美看来了客人,赶紧上前说:"单间没有了,201和301都是双人间,您看行吗?"

这小伙子没有犹豫:"行!"

梧桐微微一笑,觉得这个人连价钱都不问一句就答应下来,很有趣。

小美帮着小伙子登记,问:"您要在这儿住几天?"

小伙子回答:"没准儿。走的话我提前一天通知行不?"

小美说行。吴家寨的民宿不像大城市的商务酒店,一般来说客人住一个星期就算很长了,这边的客人住几个星期甚至几个月都有可能。去年有一个摄影爱好者在这儿住了整整半年。

小美拿着客人的身份证,一边念一边登记:"姓名:邵大齐；性别：男；民族：汉；出生年月：1988年10月18日；住址：北京市海淀区青龙桥天利花园12楼308号；公民身份证号码：11010819881018……"念到这儿，小美赞了一声，"好多个8啊！您这号码不错，一定能发大财。"

邵大齐被小美逗乐了："啊？哈哈哈！发财？好，等我发了财分你一半儿。"

小美假装认真地说："你可说话算数啊。201还是301？"

邵大齐想了想，说："301吧。"

小美说："那好。我带您上去。"

邵大齐说了声"谢谢"，转身用询问的目光看着梧桐说："您是？"

剥核桃的菲菲抢着回答说："这是吴总，这里的老板。你要叫吴总哦。"说完自己捂了嘴吃吃笑。

邵大齐鞠了一躬，说："幸会幸会，失敬失敬。您什么时候方便我还要向您请教。"

梧桐被他逗乐了，回答说："您别理她，叫我梧桐就行。我啥时候都方便的，你随时可以微信找我。小美，邵先生的微信加进群里没有？"

"加了加了。"没等小美说话，邵大齐就抢着说。

邵大齐并没有给梧桐发微信，而是把行李放到房间，换了件衣服后就直接下楼来到了大堂。菲菲心里腹诽道："这个家伙一定是被桐姐的美貌迷住了。"

知道两个人要说话，菲菲和德生抱着盆子去厨房了。邵大齐拉了把椅子，在梧桐对面坐下，看了一眼桌子上的书，眼睛里露出讶异的神色。

梧桐笑道:"哦。我喜欢侦探小说,福尔摩斯系列,还有阿加莎·克里斯蒂的作品我都喜欢。"

邵大齐也笑着说:"我也喜欢。"

梧桐暗笑他的套路过时,嘴里说道:"邵先生是来写生的吗?"

邵大齐不好意思地笑笑:"你别看我背个画夹子,其实我这个画家是假的,我最多算一个画画爱好者而已。我的本行是研究现代史的,对于民俗和乡村野史最有兴趣。"

梧桐一只耳朵听着,两只手飞快地在手机上划拉着,在网上搜索"邵大齐",果然看到有他写的文章,貌似有什么《黄河下游地区城隍庙研究》《解放初期中国土匪分布和主要剿匪战役》等。

梧桐心里想着以后有时间好好读读,抬头看着邵大齐,带点狡黠地说:"让我来猜猜你为什么来吴家寨好不好?"

邵大齐饶有兴趣地回答:"好啊。"

梧桐说:"你是想研究研究吴家寨当年的土匪和剿匪状况?"

邵大齐瞪大了眼睛,惊讶地说:"哇!神了你!"

梧桐笑着举起手里的手机,把从网上搜索到的结果给他看。

邵大齐恍然大悟:"我说嘛。那还是读研的时候写的呢。不过,我确实是对这里的那段历史有兴趣,因为我觉得我的文章里缺了这一块儿。"

梧桐摇摇头,并不赞成:"我不觉得。你写的都是大的剿匪战斗,我们这边土匪规模很小,都是仗着地理优势打拖延战,要不是最后有土匪头子投诚，估计到现在都除不了根。不过这种规模的剿匪那时候全国也有很多，拍成电影电视的《智取威虎山》《乌龙山剿匪记》，不都是关于这个的嘛。"

邵大齐看着梧桐，认真地说："看样子吴总对这个也是很有研究啊。"

梧桐笑笑："什么研究啊。我是这村子里出生长大的，常听老一辈的人讲故事罢了。哦对了，你别叫我吴总好不好？我们这儿，也就是传达室的马大爷叫我吴总，我说了好多次他都不改。年龄差不多的都叫我梧桐，小一点的叫桐姐。"

邵大齐打蛇随棍上，带点调皮地说："那我也叫您桐姐，行不？"

梧桐笑出声来："你比我大好几岁呢。"说完才发现说漏了嘴，泄露了自己的年龄，赶紧把嘴捂上。

邵大齐倒没笑，认真地说："那怕啥？姐是一种称呼，就像北京人叫师傅，天津人叫大哥一样嘛，跟岁数有什么关系？"

梧桐又被他这一通歪理逗笑了，只好说："好吧好吧，随你随你。"

邵大齐得了赏似的笑，在椅子上坐直了，轻咳一声，说道："那，桐姐，您给我说说咱这吴家寨呗。"

梧桐收了笑容，点点头，缓缓地说道："好，我说说这吴家寨。"

6
吴 家 寨 的 由 来

我们这个吴家寨,是个世外桃源一样的地方。因为四周都是山,一般人进不来。我小的时候要是出山,必须翻过村东边的那一道山梁,那是唯一的通往外界的路。你们现在进来通过的那条隧道,还是改革开放之后开凿的,公路更是这几年因为开展民宿旅游才铺的。自从修了路之后,原来的那道山梁再也没人走了,所以就荒废了,长出很多灌木荆棘,已经没有人能从那里出去了。

老人们说,这吴家寨早年间并不叫吴家寨,而是叫伏龙台。传说是在明朝年间,有一个姓吴的大文人,做官做到吏部尚书,不知什么原因,四十几岁就辞官不做,来到这深山老林隐居。我后来查过,明朝的吏部尚书中并没有姓吴的,估计是讹传。后来还有人说那是吴敬梓,这就是牵强附会了,因为吴敬梓是清朝的,也没做过什么大官。咱就不管那些吧,反正也没什么文字记录,我还查过县志,县志里也没有提过这一段。

这个神秘的吴姓大官住下来之后,就在这里开荒种田,繁衍子孙。六十岁以后,忽然剃了发,出家修行,把原来的住处改建成了寺庙,起名叫伏龙寺。为什么叫伏龙寺呢?据说是因为这里的山形像一条龙脉,所以叫"卧龙山"。伏龙台这个地方正好在龙背上。子孙们在庙外填土盖房,慢慢就形成了一个村子,这个村子就被叫作"伏龙台"。

二十世纪三十年代,日本人侵略,很多人历经千辛万苦,才越过大山逃难来到了这里。所以,原本这村里只有姓吴的,后来就有一些外姓人留了下来,姓马的、姓王的、姓林的,都有一些。因为交通不便,日本鬼子也没打进来,国民党部队和共产党的游击队也很少在这里活动,就像我刚才说的,这里是那个年代难得的世外桃源。

到了二十世纪四十年代末吧,中华人民共和国成立之前,这山里突然就冒出了一群土匪。后来才知道,这群土匪居然是从湘西流窜过来的,他们最早占领了伏龙台,杀了很多村民,然后就在伏龙寺里盘踞了好几年。今天的"吴家寨"就是那个时候叫起来的。村民们没有办法,只能跟土匪们周旋。家里有多余的粮食,就挖地洞藏到地下。现在很多人都知道吴家寨山洞和地道多,其实除了地理因素,也有不少地洞是村民自己挖的,或者把原来的山洞打通,跟家里的地道连起来,就是为了躲避土匪。

一九五零年，这里解放，成立了人民政府。政府剿匪，土匪们就躲进了深山，政府的剿匪司令部也设在伏龙寺里。剿匪任务完成之后，人民政府也就设在了伏龙寺。为了防止漏网的土匪骚扰乡民，伏龙寺里一直驻扎着一个排左右的军队，一直到"文化大革命"开始，军队才撤离。村里上了年纪的人，到现在还在感念当年的剿匪军，让村里人过上了不用担惊受怕的踏实日子。

听到这里，邵大齐插嘴问了一句："现在这伏龙寺里谁住着？"

梧桐笑道："早就没有伏龙寺了。土匪住进来之前，这个伏龙寺是我们吴家的公共财产。那是因为不知道是哪一代，吴家人把伏龙寺改成了吴家祠堂。那里头曾经开过私塾，五十年代的时候还办过公共食堂。据说我爷爷辈的老人们还见过存放在祠堂里的吴家家谱，后来'文化大革命'的时候全都被当作四旧给烧了，真是可惜。"

梧桐叹了口气，继续说："从'文化大革命'开始，吴家祠堂的一部分房屋就成了吴家寨大队的大队部，后来叫'吴家寨村革命委员会'，后来改成村委会，也是在祠堂的前院办公。现在村里要举行个什么重大活动，还是会去祠堂，因为那里面地方大，又庄严，好像不在那儿举行的活动都没有什么仪式感。书塾原本也是开在祠堂里的，最早的时候，我爷爷是唯一的教书先生，后来才慢慢发展成一个真正的小学。前几年这里开发民宿，开发公司在村子的西边盖了一所新的校舍，小学校搬了出去，吴家祠堂的整个后院都成了现在的'吴家寨旅游公司'……哦,不对,现在改叫'吴家寨民宿旅游服务集团'了。"

说到这里,梧桐忽然像是想起来什么,对邵大齐说:"你等等,我去拿一样东西给你看。"

三分钟以后,梧桐从楼上下来,手里拿着一个纸卷,打开一看,居然是一幅图,一幅吴家寨的俯瞰图。乍一看,很像是从谷歌地图上看到的图像,因为那是一张照片,一张放大的高清晰的照片。

邵大齐这下有些吃惊了:"这是从哪儿来的?谷歌地图上裁下来的?"

梧桐"咯咯"一笑:"你拉倒吧,你去裁一个我瞧瞧。"

邵大齐脸红了红,还是有些狐疑。

梧桐有些得意地说:"这是我用无人机航拍的,怎么样,很酷吧?"

邵大齐由衷地竖起大拇指,说了一个字:"牛!"

梧桐笑笑,指点着地图,告诉他紫气阁在哪里,吴家祠堂在哪里,小学校在哪里。正说得高兴,一个声音在背后响起来:"这张图不错啊,能不能给我一张?"

两个人回头看,邵大齐不认识,梧桐认识,是作家杨老师。

今天的杨老师穿了一件淡蓝色的旗袍,微丰的身材曲线玲珑。她站在二人面前,眼睛却盯着那张图。

梧桐笑着说:"没问题。杨老师,既然您喜欢,赶明儿我就给您拷贝一张。"

杨老师道了声谢,看看邵大齐,眉毛扬了扬,问:"这位是?"

邵大齐赶紧自我介绍:"我叫邵大齐,是刚来的,我住301。"

杨老师有点呷醋地说:"你待遇不错啊,一来就有人给介绍,还有地图。"

梧桐被她说得有点脸红,赶紧说:"杨老师,是您没问我,您要是问……"还没说完,就被杨老师打断了,"拉倒吧,我可不是美男子。"

梧桐顿时语塞。

大家正尴尬的当儿,一声撕心裂肺的呼喊从午后的山道上传来:"不好啦!救命啊!救命啊……"

大堂里的人都是大吃一惊,连楼上各个房间的人都被惊动了,不少人跑到楼下。大家正面面相觑,就见李怀鹏跑得满脸大汗,头发散乱,匆匆闯进门来。他看见众人,嘶哑地喊了一句:"救命!救命!德建,德建……"话没说完,脚下一个趔趄,眼看就要栽倒。

没等大家反应过来,人群中的老秦头就上前一步,曲肘一挡,李怀鹏一米八的身形便被止住了前倾。李怀鹏站稳身子,定了定心神,嘴里才把后半句话喊了出来:"德建掉进山崖了!"

刑警队长李夫雄和法医赵全海又出现了,这回是在吴家寨后山的山崖顶上。

吴家寨依山傍水。后面的山就是卧龙山,前面的河叫作凤饮河。一龙一凤,相得益彰。吴家寨不但风光好,风水好也是大家公认的。据说这也是当初城里人到这里开发民宿酒店的重要原因之一。

从凤饮河边看卧龙山，高度上基本可以分为三层。最底下一层是吴家寨，第二层就是以卧龙亭为标记的那一道横着的山梁，山梁也有一个名字，有点俗，叫作"落凤坡"。第三层，就是这一条山梁后面插进云天的巍巍大山，统称卧龙山。吴家寨的人都知道，落凤坡与后面的卧龙山是断开的，它们之间有一道深不可测的山涧，宽度在三十米到一百米之间，长有数十千米。这道深渊有多深，从来没有人知道。似乎也从来没有人到过深渊的底下。每年都有人从落凤坡上摔下去，然后就再也不会回来。这道深渊的名字叫作"潜龙谷"。

靠近吴家寨，连接落凤坡和卧龙山的，有三道山脊，中间靠近卧龙亭的那一道最宽，上面的路可开汽车，东西两边一里地左右各还有一道，就窄了许多。尤其是西边的一道，很像黄山上的"鲫鱼背"，走在上边，一不小心，就会掉进万丈悬崖。吴家寨人管中间那道山脊叫作"上天梯"，西边那道山脊叫作"山羊脊"，东边那一道名字很奇怪，叫作"东狗腿"，大概是因为那道山脊不是直的，而是中间拐了一下，像只狗腿一般。

落凤坡的顶部有一条路贯穿东西，因为人们常年的行走踩踏，这条路已经不是那种逼仄的山间小路了，不但路面宽绰，而且地面颇硬，就算是下几天雨也不会特别泥泞。这条路原来是没有名字的，后来吴家寨搞民宿，旅客们都喜欢去这条路上散步、摆拍，竟然成了著名的"网红路"，于是村委会就给这条路起了名儿叫"凤鸣道"，跟上边的卧龙山和下边的凤饮河遥相呼应。

凤鸣道的北侧，离潜龙谷很近，最近的地方只有几米，最远的地方也只有几十米，而它的南侧，则是相对比较缓的山坡，被郁郁葱葱的森林覆盖，有几条林间小路通向吴家寨。因为北侧非常危险，所以隔几十米就立有牌子："前面深渊，切勿靠近！""前面深渊，危险！"有几个很容易掉落的地方，不但有警示牌，而且还用铁丝网拦住。

刘德建出事的地方在上天梯和山羊脊之间，偏向山羊脊的地方。李夫雄让李怀鹏指认了出事的地点，并没有问话。他让随行的女警察李佳把李怀鹏带回了紫气阁，并且嘱咐李佳小心看守。同时被带走的还有那个号啕大哭的刘德生。先联系了县里的紧急救援队，然后李夫雄拜托梧桐把来看热闹的乡亲们和旅客们带回村子里。村支书吴记这回没有露面，不知道是没接到通知还是没在村里。

出事的就是一个有铁丝网拦住的地方，但是那一片铁丝网不知道被谁破坏掉了，两边固定铁丝网的木头柱子有一根在根部折断，看看折断处，都有些腐朽了，另一边的柱子完好，铁丝网现在看起来就像是一扇向死亡敞开的门，一多半悬在空中。

地下的脚印很是杂乱。细心的赵全海除了发现了人的脚印之外，还有动物的脚印。他指着那些脚印对李夫雄说："李队，您看看，这是土狼的脚印还是狗的？"

李夫雄并没有看现场的脚印，而是走回凤鸣道，在大约十米左右的地方停下，看看地上的脚印，说："是狗的。理由有三：第一，土狼的脚印比这个大；第二，狗脚印比较深。狼走路比较轻，脚印比较浅；第三，狼走路是直线，狗脚印是两条平行线。而且，"李夫雄顿了顿说，"这是两条狗。"

两个人回到悬崖边，伸着头向下看。现在夕阳已经快要落山，阳光并不强烈。目所能及的地方，李夫雄看到了大约二十米处悬崖上长出来的两棵小松树和一些杂草。一棵小松树的树枝折断了，估计是刘德建掉下去的时候砸断的。

县里的紧急救援队很快来到了现场。但根据经验，掉到潜龙谷还能被救上来的可能性基本为零。李夫雄和赵全海已经完成了工作，将情况向救援队介绍了一下，默默地看了一会儿，便离开了现场，向山下的紫气阁走去。一路上两个人都没有说话。他们的专业知识告诉他们，在掌握足够的证据之前的任何猜测，都只会让自己的侦查方向跑偏。

7
隐 秘 的 摄 像 头

梧桐的办公室兼卧室，紫气阁305房间，成了警察们办案的临时办公室。李夫雄知道客房中都有摄像头，也许还有窃听器，就毫不犹豫地跟梧桐要了这个房间。

三人长沙发上坐着法医赵全海和女民警李佳。对面两个单人沙发上这头坐着刑警队长李夫雄，那头坐着李怀鹏。

李怀鹏的情绪已经从惊吓中恢复，但是脸色依旧很苍白。李夫雄让梧桐帮忙给李怀鹏煮了一碗米粥当晚饭，并且嘱咐吴桐安顿好菲菲。小美留在菲菲的房间陪着她说话，免得她过于担心。

李怀鹏喝了粥，心情稳定了很多。李夫雄看着他喝粥，也没有催促。等他喝完了，才慢条斯理地说："别着急，慢慢说。从头说。"

李怀鹏闭上眼，一会儿又睁开，自言自语地说："从头？哪儿是头？"

李夫雄的浓眉皱了起来，还是没有催，等着李怀鹏自己回答自己的问题。

但是李怀鹏还是半天没说话,很纠结的样子。

赵全海在李夫雄耳边耳语几句,李夫雄点点头,站起来深深懒腰,觉得有点乏。他没有坐下,说:"这样吧,你的基本情况我们通过店里的登记大概了解一些。你就从今天早上说起吧,中间有什么问题我会问你。"

李怀鹏答应一句"好",然后再次闭上眼睛,两手托腮,像是回忆一样地说了起来。

> 昨天晚饭以后,我们几个人在院子外头乘凉,刘德建说他曾经是登山运动员,我一听就来了兴趣,因为我在大学的时候是攀岩队的,于是我俩就约今天去爬山。不过我们家的菲菲不喜欢爬山,就算喜欢她也跟不上啊。刘德建说没问题,菲菲和德生早就说要一起去摘野果子,干脆就让他俩明天去摘野果子,我俩去爬山。
>
> 晚上回去我跟菲菲商量,菲菲挺高兴,当时就跟刘德生微信确定。就这样,今天早上,他们俩去摘野果子,我俩去爬山。

说到这里,李怀鹏停顿了一下,看看李夫雄。李夫雄点点头,示意继续。李怀鹏继续说了下去。

> 刘德建是运动健将,据说从前在他们省的登山队待过。我在上大学的时候,是学校攀岩队的队长。互相之间有点

惺惺相惜，又有点互不服气，所以就有了今天的登山。

　　因为心里有个比赛的念头，所以，从紫气阁的后门出发，我们俩的脚步就一直飘着。我们走过卧龙亭，穿过上天梯，一直往卧龙山的顶峰攀登。我承认，刘德建确实是专业的登山运动员，在山上比我爬得快很多。爬到一个小平台的时候，他对我说，你在这儿歇歇吧，我再往上爬一段，然后回来找你。一个多小时之后，德建回来了。过午的时候，我们在那个平台上吃了带去的午餐，聊了一会儿天，他还带着我在山上转悠。下午四五点钟的时候，开始下山。

　　德建是本地人，对这座山非常熟悉。回来的时候，我们是通过山羊脊下来的。之后上凤鸣道，往卧龙亭走。走了几分钟，德建停了下来，好像在倾听什么，然后对我说，你等我会儿，我撒泡尿。我看离紫气阁不远了，觉得肚子有点饿，就说，那我不等你了，我先回去了。然后我就往卧龙亭走，走出几十米，就听见后面有狗叫声和厮打的声音，赶紧往回跑。刚刚赶到的时候，就听见德建坠落的叫声，还有他掉下山崖的身影。好像还有两条大狗在我面前蹿了出去，一晃就看不见了。

李夫雄和赵全海对望一样，点点头。

李怀鹏说着，身上轻轻发抖，心有余悸的样子。看看李夫雄没什么表示，就接着往下说。

我吓坏了，拼命地往回跑，拼命地喊，就这样跑回了紫气阁。

　　事情的经过就是这样。

　　李怀鹏说完，低下头，双手抱着后脑。

　　"没了？"赵全海和李佳同时失望地问。

　　"没了。"李怀鹏低低的声音回答。

　　赵全海问道："那两只狗，你有什么印象？"

　　李怀鹏想了想，说："是两只黑狗……体型很大，可能是这山里的野狗吧。当时只顾着跑，没注意什么。"

　　李夫雄看看李怀鹏，平静地说："李怀鹏，这件事儿的真相你都是最清楚的，我们也相信你说的是真话。不过，紫气阁在短短几天里就出了两起意外，我们要带你回去进一步询问，看看有什么遗漏的细节，好摸清情况。如果没有什么问题，二十四小时之内我们会还你自由。你有问题吗？"

　　李怀鹏点点头，表示愿意配合警察的问话。

　　李夫雄让李佳把李怀鹏带到另一个房间，然后对赵全海说："老赵，你怎么看？"

　　赵全海说："这山里有野狼也有野狗，野狼袭击人的事儿听说过，但很少有野狗主动袭击人的。如果不是野狗，那问题就更复杂了，狗为什么会把人撞下悬崖？大概率是有人指使。那人为什么要这么做？"

　　李夫雄点点头说："你觉得李怀鹏有多大嫌疑？"

　　赵全海说："这个不好说，因为毕竟当时只有他们两个人在场。我问过吴桐，他们的客人好像在来之前都互不认识。当然她的话有多大可信度，也不好说。"

想了一会儿，李夫雄又说："我观察了一下李怀鹏的表情，他说的话虽然有一定的可信度，但我总觉得他还对我们隐瞒了什么。"

赵全海也是经验丰富的老侦查员了，专业能力过硬，点点头说："我也有同样的感觉。这个人有很多微表情出卖了他，言语上有不尽不实的地方。要好好地审一审他，肯定还能有所发现。"

李夫雄看看表，已经是快半夜了，于是站起身来说："通知李佳，带上李怀鹏，咱们回局里。"

赵全海说声"好"，刚要离开，李夫雄又说："等等，你还记得前几天六指神偷在这儿摔死的案子吗？我查一下这个房间，你在门口帮我看着点儿。"

赵全海应了声"好"，走向门口。李夫雄开始搜查。这房间摆设简单，其实没什么好搜的，一套沙发，一张床，一张书桌，一个书架。床上整齐利落，床下干干净净；书桌上有电源线、水杯、笔筒，但是没有电脑；书架上放满了书籍，类别很杂，有名著、地理、民俗等。书架顶端，摆了一架无人机，摄影爱好者喜欢用的那种。站在朝北的窗户前向外望，能远远看见卧龙亭的灯光。再站在朝西的窗户向外望，对面是东来阁。东来阁正在装修，几个窗户都封着，黑乎乎的。李夫雄心里动了动，想了想，没说什么。

大约二十分钟之后，李夫雄有点失望，嘴里嘟囔了一句：

"这啥也没有啊。小六子到底想偷啥？不会是偷人吧？"

赵全海也是一副百思不得其解的样子。

李夫雄摇摇头，"算了，走吧，明天咱们去潜龙谷下边看看再说。"

临走的时候，德生跑出来，非要跟警察回县城。李夫雄看着德生哭红的双眼，想了想，就答应了。菲菲哭喊着也要去，李佳安慰她说："没事儿的，就是带他回去问问，要是没什么问题明天就会让他回来的。"梧桐揽住菲菲的腰，把她拉回了房间。

梧桐让小美回了她自己的房间，陪着菲菲聊天，一直到天蒙蒙亮的时候，菲菲才沉沉睡去。

为菲菲盖好被子，一股困意袭来，梧桐打了个哈欠，从302出来，回到了自己的房间。

东方第一缕朝霞出现的时候，一个人影出现在去后山的路上，梧桐在窗口无意间看到，仔细辨认了一下，确定是昨天新来的那个301的客人邵大齐。只见他身后背着画板，肩上挎着相机，脚步匆匆地往卧龙亭走去。

梧桐嘴里咕哝了一声："这么早。"刚要转身上床，又一个身影出现，定睛一看，不是那老秦头又是谁？可是现在的老秦头，跟平常的样子大不相同，体态灵活，健步如飞。不过老秦头走路的姿势有点奇怪，不像正常人走路的样子，倒是有点像猴子，向前一蹿一蹿的。

梧桐看得愣神，睡意全无。忽然灵机一动，起身把房门锁好，从一个包包里拿出电脑——昨天李队长来的时候，梧桐顺手把电脑装到包里带走了。

电脑中的文件夹里存放着各个房间的录像。就像李夫雄说的，紫气阁的摄像头不仅安装得很隐秘，而且东西也很先进，既能录像又能录音。梧桐把时间调到前天晚上，先是看了看302房间，就是李怀鹏和菲菲小两口的房间，只见菲菲一个人趴在床上玩手机游戏，从晚上8点到11点，一直是一个人。然后再看了一下他们楼下的202，也就是刘德建哥儿俩的房间，果然发现，从8点到11点的三个小时之内，李怀鹏和刘德建一直在聊天。刘德生没在，后来往前看录像，才知道是被刘德建赶出去找小美看电视连续剧去了。

8点钟的时候，李怀鹏走进了房间，很显然两个人是约好了的。寒暄了几句，李怀鹏切入正题。

"刘哥，"李怀鹏的语气很轻松，"那天您说您也听说这里出了宝贝，是咋回事儿啊？我是在长途车上听人说的，原来以为是说着玩儿的，没想到您也知道。这事儿看样子是真的了。"

刘德建盘膝坐在床上，一副打坐的架势，听了李怀鹏的话，不动声色地撇撇嘴，说："这山里，宝贝多了去了。"

"哦？"李怀鹏像是屁股上安了弹簧，一下子蹦起来，睁大眼睛说："真的啊？刘哥您指点一二呗。"

刘德建还是撇撇嘴，没有直接回答李怀鹏的问题，而是反问了一句："你都听说什么了？你恐怕不是在长途车上听说的吧？"

李怀鹏十分吃惊："您怎么知道的？"

刘德建攥攥拳头，显示出胳膊上突出的一块块肌肉，笑笑："兄弟，你还嫩着呢。"

李怀鹏脸上红了一阵，像是下了决心地说："刘哥，那我对您说实话,您能帮助我吗?"

刘德建说:"帮你?那得看啥事儿了。"

李怀鹏犹犹豫豫地说:"我到这儿来,其实是冲着一个东西来的,这个东西,很可能是在这里的老板吴桐手里。但是我不知道她把东西藏在哪儿了,所以……"

刘德建的眼睛眯了起来:"是什么东西?"

李怀鹏说:"好像是一封信,信上有关于我吴家祖房的约定。"

刘德建问:"你是说吴家祠堂的?"

李怀鹏想了想,点点头:"对。"

刘德建像是松了口气,说:"哦,这事儿我也听说过。这么说,你也是吴家的人?"

李怀鹏点点头说:"对。"忽然想起什么,睁大眼睛问,"难道你也是吴家的?"

刘德建摇摇头:"放心吧,我不是吴家人,我对你们的什么祖房也没兴趣。"

李怀鹏狐疑地问:"那你说的宝贝又是什么?"

刘德建果断摇摇头,说:"不知道。也许见着了就知道了。"

李怀鹏更糊涂了。但是很显然刘德建不想继续这个话题,因为他把话题又回到"祖房"这件事儿上了。刘德建说:"你要想让我帮你,你就得跟我说实话,告诉我你和吴家到底是什么关系,为什么到这儿来,来找的东西是什么。这样我才能帮你。"

于是,李怀鹏就给刘德建讲了一个故事。

8
李 怀 鹏 讲 的 故 事

我妈的老家就是这个村的,我很小的时候曾经跟着我妈来过这个村子。后来不知什么原因,就再也没回来过。我曾经问过我妈,为什么不回老家看看。我妈说我小不懂事儿,有些事儿要等我长大了再说。前几年我妈得了一场病,去世了,回老家的事儿也就再也没人提起了。

两个星期之前吧,我大姨忽然跑来找我。我很奇怪,因为这个大姨跟我们家一直没什么来往,我只是知道有这么个大姨,小时候见过面,我妈去世的时候又见过她一次,但也没什么感情。哦对了,我妈叫吴胜兰,我大姨叫吴胜梅。

那一天,菲菲上班去了,大姨悄悄说让我留下。然后,大姨就给我讲了这么一个故事。

吴家寨中间那一片房屋,就是现在村委会和吴家寨旅游集团所在的地方,原本是我们吴家的财产,以前叫吴家祠堂。抗日战争结束后,被一群流蹿来的土匪占领,一占就是好几年。后来共产党来了,把土匪赶上了山。本来,祠堂是要还给吴家的,但是因为要继续剿匪,就把这个祠堂当作了解放军的剿匪指挥部。当时的人民政府,跟当时的吴家族长签订了一份合约,合约上说明,人民政府租用吴家祠堂作为政府机关和人民解放军驻地,剿匪工作完成之后,就会把祠堂还给吴家。同时把新中国成立前的房契换成了新人民政府的房契。

剿匪工作完成之后,政府曾经打算把祠堂还给吴家,但为了百姓安全,防范流匪滋扰,留下一个排的驻军在吴家寨,就住在吴家祠堂。另外,村政府也需要个地方,就跟吴家商量继续租用祠堂。吴家人深明大义,不但同意政府继续租用祠堂,而且连租金都不再收了,相当于把祠堂免费供政府和军队使用。

然后就是各种运动了,从"三反""五反""大跃进",到人民公社、"三自一包",还有三年重大自然灾害时期,一直到"文化大革命",这个小村子经历了很多风波,吴家的族人也有很多离开了故乡,渐渐地就没人提起吴家祠堂这回事了。

"文化大革命"之前,大概是一九六四或者一九六五年吧,那一任吴家族长,是吴家大爷爷吴茂,就是我妈的大伯,在他即将离世的时候,把二弟吴盛和三弟吴丰叫到床前嘱咐后事。其中一个重要事项,就是安排将来如果政府归还吴家祠堂的时候,该由谁来承接,三家怎样分。

大爷爷死后,这份文书由二爷爷吴盛保存,房契由三爷爷吴丰保存,相安无事。到了一九六六年,"文化大革命"开始,县城里来了一队红卫兵,硬说吴盛和吴丰是地主,分别挂上牌子游街和批斗,两个人都被抄了家,这两份文件从此就没了下落。

红卫兵们不知道从哪儿听说当年土匪曾经在山里留下了宝藏(说到这里,刘德建双眼突然亮了一下),就逼问二爷爷宝藏的下落,二爷爷不知道,就被红卫兵活活打死了。三爷爷知道自己也不会有什么好下场,就在红卫兵看管不严的时候溜出去,在一棵树上上吊自杀了。

之后的一九八几年,落实了政策,当年县革委会后院的仓库打开,红卫兵们在各村抄家抄来的东西都被收回,存放在这里。当然,有很多金银财宝已经找不回来了。县委的相关负责人让各村曾经被抄的人家前去认领自家的物品,吴家也被通知到了。

当时代表吴家去认领东西的有三个人,分别是大爷爷家的二儿子吴元,因为那时候大爷爷家的大儿子吴方已经在外当兵;二爷爷家去的是吴宣,就是吴桐的父亲;三爷爷家去的,是现在的村支书吴记,也就是我亲舅舅。他的两个姐姐,有一个就是我妈妈吴胜兰,另一个则是我大姨吴胜梅。吴记是她们俩的亲弟弟。

吴桐看到这里,想起自己的父母,不禁热泪盈眶。

视频里李怀鹏继续说着。

  这三个人从县城取回东西,放回吴家祠堂的一个小屋。据三个人后来对族中人的说法,取回来的东西大部分是一些书籍,还有一些瓶瓶罐罐之类,当时都登记了,登记册子三个人都签了名,保留在吴记手里,祠堂小屋的钥匙也在吴记手里。谁要是想看这些东西,吴记都给大家看。吴家的孩子们大都进去过那间小屋,听村支书讲过吴家的历史。

  但是那两份文件,就是祠堂的房契和当时三个爷爷签订的约定文书,谁都说没有见过。慢慢地,这件事儿就再也没有人提起了。

  两个星期前,大姨接到了一个奇怪的电话,电话里说吴家寨有一个叫紫气阁的民宿酒店,在拆老房的时候发现了一个油纸包,包里面有什么东西不知道,据说可能与祠堂的两个文件有关。照理说,大姨应该找自己的亲弟弟吴记求证,但是大姨说当年三爷爷死后家里姐弟三个为了继承财产闹翻了脸,因为舅舅认为出嫁的姐姐没有资格继承任何东西。大姨说,李怀鹏的妈妈唯一一次回村,就是跟弟弟谈遗产的问题,最后的结果是不欢而散。那就是李怀鹏记忆中唯一的一次回老家。

  大姨说,她和姨夫这些年做贸易挣了不少钱,钱对她来说不是大问题。但是,吴记这人心术不正,吴家祠堂是祖上留下来的遗产，数额巨大，这笔财产应该留在吴家人的手里。如果都让吴记拿走，他肯定是要卖掉换钱的。所以如果有必要，大姨会跟吴记打一场官司，因为根据法律，女儿也享有继承权。不但她有一份，李怀鹏死去的母亲吴胜兰也有一份，也就是说，有我的一份。

因此，大姨委托我回吴家寨，寻找那两份文件的下落，如果能找到，大姨给二十万元奖励。如果因此分得一部分祠堂的财产，愿意再跟我平分。但是，大姨说她不能自己来，因为这村里认识她的人太多了，尤其是老一辈的人。于是，我就改了主意，把去马尔代夫度蜜月计划改成了吴家寨。我老婆菲菲对此一无所知。

说到这里，李怀鹏停了下来，看看刘德建，又说："那天晚上摔死的那个小偷，我猜着是来找文件的。"

刘德建愣了半晌，说："这怎么个找法？那个吴桐可没有承认发现什么文件。就算真的有，也不会傻到放在自己房间里。"

李怀鹏奇怪道："对呀！所以我说这件事儿不简单。"忽然想起什么，又说，"你到这里难道不是为这文件来的？"

刘德建神秘地笑笑，说："我对你说的什么文件没兴趣，我也不是吴家的人。我感兴趣的，是其他的东西。"

没等李怀鹏问，刘德建又说："这么着吧，明天咱俩一起上山，看看有什么发现。要是能找到你说的文件，我分十万元，多一分不要。"

李怀鹏有点钦佩地拱拱手，"刘哥，咱就这么说定了。"

李怀鹏走了以后，刘德建拨通房间电话叫弟弟回来睡觉，后来就什么也没有发生。

　　关上视频，梧桐坐在那里发愣。愣了半晌，听楼下小美叫："桐姐，桐姐，公安局的同志们来了。"看看电脑上的时钟，已经是上午11点。她赶紧整理一下衣服，梳了梳头发，跑下楼去了。

　　看见梧桐下楼，刑警队长李夫雄伸出手来，笑着说道："真是不好意思啊，这几天老是打扰你们。"

　　梧桐握住李队长的手，同样笑笑说："李队长您客气了，是我们这儿老出事，辛苦您跑了这么多次。"又对李队长身后的村支书叫了声"记叔"。

　　李夫雄问吴记："咱们这里有谁下过潜龙谷？"

　　吴记摇摇头："没听说过。那地方是一个无底深渊，谁敢下啊。昨天县里的救援队试着下去找找那个坠崖的游客，可只下降了十几米就赶紧退回来了。潜龙谷瘴气重，地势险，从来都是有去无回的。传说当年剿匪的时候，有解放军下过谷，可是也没听说过谁还能上来的。"

　　李夫雄皱皱眉头，转身走出大堂，对站在那儿的警察队伍一挥手，大声说："出发！"

　　这回公安局下了不小的工夫，因为汽车不能开上山，他们居然扛了发电机和绞绳机，一群人浩浩荡荡往凤鸣道开拔。梧桐、邵大齐、老秦头想跟着去看热闹，被李队长挡了。本来嘛，警察办案，无关的人搞什么乱？

到了地点，李夫雄上前把那个悬在半空的铁丝网连同另一根柱子拔了下来，站在崖边向下看了一眼，立即撤步回来，嘴里骂了一句。

其他人准备完毕，把绞绳机固定在一棵碗口粗的树上，一个壮实的警察请命："李队，我下去。"李夫雄摇摇手，示意他把手里的腰带挂钩等物交出来。赵全海挡在李夫雄身前说："给我，我下去吧。"

李夫雄笑着锤了一下赵全海的肩膀："得了吧，你这刚生完二胎，逞什么英雄呢。给我！"

赵全海瞪大了眼："怎么，你还真要下去啊？你可是有恐高症的。"

李夫雄笑着说："刚才已经被吓过了，没事儿的，把装备给我穿上。"

赵全海无奈，只得帮着他穿上装备，然后又仔细检查了一遍，对他点点头说："没问题，下吧。"

9
又 一 具 尸 体

正午时分,阳光直上直下地照射,一天之中也就是在这个时候,潜龙谷的南壁才会有充足的光线,能看到谷底较深一点的地方。到了下午两点之后,南边的崖壁就会变得光线暗淡,谷底又是一片漆黑。一个警察提前通过上天梯跑过了潜龙谷,尽可能近地从对面靠近李夫雄的下崖地点,打开摄像头,给大家同步视频。因为在下崖的这一边,根本没有地方可以探头下去看。

唯一例外的是赵全海,他趴在那个缺口处,脚脖子上绑了根绳子,拿着手机,对着李夫雄一路拍摄。但是他们很快就失望了,因为李夫雄的身影很快就被崖壁上生出的植物淹没了。

第一根五十米的绳子快用完的时候,李夫雄通过对讲机告诉大家没什么发现,让大家继续接绳子。接上另一根五十米的绳子下到一半的时候,李夫雄说下面的光线已经很暗了,但还没有看到崖底的迹象,崖边上生长的各种植物把光线给挡住了。他打开手电,小心翼翼地一点点往下落,忽然嗅到了什么气味,一怔之下,马上对着对讲机喊道:"快拉我上去!"

发电机带动的电动绞盘,把绳子快速向上拉,但是又不敢太快,怕下面的李夫雄被伤到。好在李夫雄一路上,一路在对讲机上报着平安:"好,好,没事儿,继续,继续。"往回拉了也就十五米左右,李夫雄突然大喊了一声:"停!"绞盘机停下,对讲机里听到李夫雄喘息的声音:"发现一具尸体!我看看是不是刘德建的,你们先等一会儿再拉。"

树枝交错中的李夫雄,把一只脚放在崖壁的一块石头上,另一只脚放在一个小树的根上站稳,拿手机收起来,从背包里拿出单反,打开闪光灯,照向左前方。只见一具尸体横卧在一个树杈上,这具尸体显然不是刘德建的,因为这个人死了很久,尸体上的衣服已经基本上没有了,身上有些部分的肉还没有彻底腐烂,尸体上爬着各种虫子,令人作呕。让李夫雄感到惊喜的,是死者脚上的鞋子居然保留了一只,而且基本完好,是军队的那种大头皮鞋。

李夫雄拍了照,然后伸出手,竭尽全力把那只大头鞋抓在了手里,然后翻来覆去看了一会儿,脸上露出来一丝笑意,然后他把鞋子揣进怀里,朝着对讲机吩咐把他拉上去。

到了崖顶,李夫雄腿一软,一只腿跪在地上,嘴里哇的一声吐了出来。同事们赶快上前把他搀起来,递水的递水,拿纸巾的拿纸巾。李夫雄定定神儿,苦笑了一声说:"大意了。谷底的瘴气真厉害!"

大家这才明白刚才他为什么那么急切地让大家把他拉上来,原来是遇到了瘴气。这种瘴气存在了不知道几百几千年,杀伤力绝对不是人类可以抵御的。在没有风的天气，瘴气就像液体一样流动在峡谷的底部，十分凶险。幸亏李夫雄机警，及时觉察到空气中的危险，迅速地返回，这才没有受到太严重的伤害。

喘匀了气之后，李夫雄把发现尸体的经过跟大家说了一遍。壮实的警察请命再次下谷把那具尸体带上来。李夫雄想了想说："暂时不要了，现在下去太危险了。今天是幸好没风，要是有风，我真的不知道能不能躲过瘴气。而且，那具尸体也需要经过处理才能靠近。再说，就靠这只鞋子，我基本上也可以判断死者的身份了。"

李佳在旁边插嘴说："下次找防化部队，带上他们的防护面具。"

李夫雄笑道："那你最好再带上电锯，不然那一套行头，估计连五十米都下不去就不知道被卡到哪儿了。"

李佳撇撇嘴，有点发愁地说："李队，这新尸体没找着又发现旧尸体，一波未平一波又起啊。这个吴家寨，到底是怎么啦？"

赵全海在旁边打趣她："佳佳同志啊，你不是整天喊着要破案吗？这回机会来了。"

李夫雄叹了口气："唉，这回，可有活儿干喽。"

在紫气阁匆匆吃点了东西，算作午饭。之后，李夫雄和赵全海又上了山。这一回，他们是按照李怀鹏所描述的他和刘德建上山的路线走的。走到李怀鹏说的那个小平台，发现两个人昨天吃午饭留下的垃圾还没有被风吹走，面包纸，香肠皮，还有装食物的塑料袋，扔了一地。李夫雄摇摇头，收拾了垃圾，然后抬头一望，却是吓了一跳。

从这儿往上，基本上是直上直下的崖壁，不知道刘德建是怎么爬上去的，反正李夫雄觉得他自己和老赵是没戏的。难怪连李怀鹏这个攀岩高手都望而却步，刘德建不愧是专业的登山运动员，徒手攀悬崖，这份能耐不是什么人都有的。

没办法上去，就没办法了解上边的情况，下边的潜龙谷还没搞明白，上边如果也是稀里糊涂的话，这案子怎么向局里交代呀？想想刘刚局长拉下脸骂人的情况，李夫雄这个刑警队长心里都发毛。

看着李夫雄眉头紧皱无计可施的样子，赵全海忽然灵机一动，对李夫雄说："李队，我有个主意。昨天晚上我发现吴桐屋里有一个无人机，咱们借来用用如何？"

李夫雄眼睛一亮，嘴里说着"靠谱"，眉头却又皱起来："可是那玩意儿我不会用啊。总不能让吴桐帮咱们吧？"

赵全海嘴里"切"了一声，笑道："你不会？我会呀！有啥难的，玩儿过航模没？跟那差不多。我本来也不会，还是我家老大教我的呢。"

即便如此，当梧桐把无人机借给两个警察的时候，还是非常认真地教了他们一番，怎样控制无人机，怎样控制无人机上的摄影机，当然，摄影机也是可以照相的。看她知无不言、问一答十的坦率样子，两个老警察在心里对她的怀疑又有点动摇了。

他俩拿着无人机返回山上，折腾了两三个小时才回来。到了警车上，赵全海把相机的存储卡里的内容都倒进自己的电脑里，然后，把储存卡格式化了。

早上警察们在山上忙着下潜龙谷的时候，梧桐在翻看各个房间的录像。

这几个入住的客人里，最安静的是老秦头。他每天一大早就出门，直到傍晚时分才回来吃饭。就有一两次是中午回来的，在房间里的时候就是坐着，或者在朝南的窗户下面半躺在椅子上晒太阳。

那个自称是作家的杨老师是带着笔记本电脑来的，在房间里要么是在上网，要么是在打电话，很少看书。她应该是已婚人士，每次打电话时都是嘀嘀咕咕，十分不满的样子。她打电话时声音很小，梧桐只能听出来她在抱怨对方不肯为她着想之类的。

最喜欢摆弄手机的是冯律师，他在房间里的大多数时间都是在玩手机。冯律师看来也很喜欢收集字画，有时候会在房间里打开一幅幅画欣赏，大部分是国画，有的看起来很新，有的则已经泛黄，梧桐怀疑他是收购古玩的。过去也有这样的人来过，在各村走街串巷，打听寻找各种老旧的物件，瓷器、字画什么的。村子里卖旅游纪念品的人家也会捎带着卖收来的古董，当然都是些不太值钱的玩意。梧桐对这些一窍不通，看不出道道，也没往心里去。

那天梧桐请客，204和205的客人没来，结果当天晚上六指神偷摔死，205的客人第二天就退房走了，204的客人是在第三天退了房。所以这两间房现在是空的。

镜头转向301，梧桐用快进键走了一遍，发现这位邵大齐先生也是每天早出晚归，除了睡觉，基本不在房间里待着，紫气阁的饭菜他都没吃过几回。

录像中没看出什么异常。梧桐坐在椅子上发呆。她这一次从城里回来,每次出门的时候,总觉得身后有人跟着。她早就做好了心理准备,知道自己会被跟踪,监视,甚至有可能会遇到危险。为了达到预期的目的,她什么都不怕,只是有点好奇,现在到底有几拨人在暗中注意她。

让梧桐不解的是,除了上一次"六指神偷"摔死的那一回警察找她了解过情况,后来的事儿就再也没找她。还有一点让梧桐心里有点忐忑的,是警察们两次检查紫气阁的客房,难道他们真没有发现自己安装的摄像头?

10
十六字诀

午饭后不久,法医赵全海借走无人机后,梧桐正想继续研究录像,村支书吴记来了。

对吴桐这个侄女,吴记还是很照顾的。一年前梧桐的父母车祸去世,他们的独生女,在北京刚参加工作的梧桐遭此大难伤心欲绝,一时间六神无主。那个时候,是吴记这个当叔叔的前前后后地张罗,把葬礼安排得妥妥帖帖,村里的人说起来都夸吴记做得周到体面。

梧桐决定回村接下紫气阁的时候,吴记又是前前后后跑上跑下地帮忙。梧桐对这个叔叔很是感激,因为在这农村里很多事儿不是一个小丫头能够搞定的。举个例子:譬如紫气阁的经营,如果乡里卫生所说你的卫生有问题,你就得关门一个星期整改。要知道,这村里十多家民宿,只有紫气阁是梧桐这个名校毕业的研究生在经营,什么网上预订啦、隔三差五地组织户外活动啦、网红的旅游写真啦……种种新型的营销方式引来了大批住客,这红火的生意难免引起别家的嫉妒，所以，竞争对手上卫生所诬告紫气阁的事情也不是没发生过，这些事情有很多都是当村支书的吴记帮忙解决的。除了卫生，还有工商、消防、税务，不能不说，紫气阁的生意做得顺风顺水，跟吴记的照顾有很大关系。

当然了，梧桐也是个很聪明的姑娘，吴记喜欢抽烟喝酒，这些都是她在供应。她还时不时地给叔叔三百五百元的零花钱，两家的关系非常友好密切。

从外表看，吴记是个普通得不能再普通的农家汉子，不用怎么形容，你印象中农家汉子是啥样，吴记的长相就是啥样。但是，如果因为这个长相你就拿他不当干部，认为他是个普通的庄稼汉，那你就大错特错了。

吴家寨的村支书，吴记已经做了20年。要知道，村支书三年换一届，吴记现在已经是在第七届的任期了。虽然他经常说自己老了，要年轻人接班，但显然吴家寨的村民更信得过他。尤其是这几年搞民宿酒店旅游，村民们的收入节节上升，村支书的宝座他就坐得更稳了。

况且，吴支书的处世能力一点都不比办事能力差，尤其是在乡里、县里都有人支持他，上上下下都在说他的好话。吴家寨民宿旅游服务集团入驻村里后，吴记跟他们也走得很近，简直就是村委会驻扎在集团内的代表。如果村民有个什么困难，或者跟集团出现了利益上的纠纷，都是吴记主动去协调，每次都解决得顺顺当当，两边都很满意。村委会会议室里，摆满了他这些年来获得的各种荣誉："优秀农村党支部书记""优秀村委会主任""改革先锋""群众致富的带头人"等，吴家寨也因此多次被县里评为改革开放模范村。吴记没有因此就骄傲起来,仍然是每天勤勤恳恳地做事。全村人说起他都翘大拇指。

吴记在村里,常穿一身粗布裤褂。不过,这身粗布衣服现在恐怕比一套一般的西装还贵。为什么呢?因为村里早就没有人纺棉织布了,粗布这种东西只在村里两三家卖纪念品的店里能看到,那里的粗布也不再是本村纺织的,而是从城里采购来的。吴记穿了一辈子粗布衣服,穿不惯那些个毛料服装,所以就从那两家店里再买粗布做衣服。当然,他也是有西装的,不过只有到县里领奖的时候穿个半天。就这半天,就会让他难受得要命。

一身粗布裤褂的村支书坐在紫气阁的大堂,和厨师兼服务员王婶聊天。说起这几天发生的事儿,两个人长吁短叹了一番。吴记是有规矩的,从来不进梧桐的办公室,因为大家都知道,那里也是梧桐的卧房。他这个做叔叔的,进去侄女儿的卧房传出去总不是好事。

正说着,梧桐从楼上走下来,吴记看见了,忙站起身,有点犹豫地对梧桐说:"桐桐啊,叔有点事儿想问你,去你办公室成不?"

梧桐有些惊讶,因为这是头一回记叔要求到自己的办公室去。

没理由拒绝,梧桐领着他来到自己的房间。

两个人坐在沙发上,吴记不自觉地往西窗望了望,那是前几天小六子摔下去的地方。

小美提了暖壶和茶杯上来,放在茶几上。梧桐为两个人沏上了茶,一边问:"记叔,有啥事您就说。"

吴记两只大手搓了搓,有点犹豫地开了口:"这些天,这些天村子里在传,说你们家的老宅里挖出了东西?"

梧桐听了,心里笑笑,没有正面回答,而是反问道:"记叔,您是听谁说的?我倒是也听说了,是听我们住店的客人说的。这事还挺有意思,说得跟真事儿一样。"

吴记并没有理会梧桐的话,而是继续问:"到底挖出了啥?"

梧桐笑笑,否认道:"啥也没有!没这么回事儿。您别听外边乱传,那都是谣言。"

吴记显然有点生气,说:"桐桐啊,你就别跟叔绕弯子啦。外边传得有鼻子有眼儿的,什么油纸包啊,文件啊。到底是什么,你告诉我,咱们一起合计合计怎么办。"

梧桐神情郑重起来,说:"记叔,我向您保证,我真的不知道。什么油纸包啊?什么文件啊?"

吴记叹了口气:"唉,桐桐啊,我是看着你长大的,你什么时候说谎话能瞒得过记叔啊。"

梧桐脸红起来,嘴里并没有松口:"记叔,是真的没有啊。"

吴记看着梧桐,没有再追问下去,而是换了话题:"你爸爸活着的时候有没有给你讲过咱们吴家老辈子的事啊?"

吴记提起爸爸,让梧桐黯然神伤。她点点头,算是回答。

"关于吴家祠堂,你爸爸跟你是怎么说的?"吴记问。

梧桐还是没有回答他的问题,而是反问:"记叔,当年去县里领回吴家被抄的东西时,您也去了吧?"

吴记愣了愣,点头说:"是啊,你大爷爷家是你二大爷吴元去的,还有你爸爸和我,我们三个人去的……唉,现如今他们两个都不在了,就剩下我了。"说着眼圈红了起来。

梧桐盯着他:"记叔,您说实话,当时你们三个人真的都没有看见那两份文件?"

吴记坚定地摇头:"没有。老实说,那时候我还小,也就十七八岁吧。当时说每家都要出一个代表,我家上边是两个姐姐,所以就只有我一个人去了。可是到底是怎么回事儿,那个时候我完全不清楚啊。只记得回来后两个老哥还吵过一架,好像就是为了那两份文件的事儿。我当时不知道那两份文件是什么意思,还是后来你爸爸告诉我的。"

"对。"梧桐说,"我爸爸告诉我,最早的房契,是我三爷爷也就是您的父亲吴丰保存的,三家的约定则是由我爷爷吴盛保存的。'文化大革命'开始之后,红卫兵来抄家的时候,是三家都被抄了。所以,照理说,文件应该是被抄走了。"

"没有。"吴记说,"我父亲自杀的那天晚上,只有我二姐吴胜兰在他身边,后来二姐曾经跟我说过,父亲把房契藏在了一个地方。'文化大革命'以后,我们家因为财产纠纷,两个姐姐都跟我没了来往,我曾经上门问过二姐,被她赶出门来,再后来,她就去世了。"

梧桐想起录像中李怀鹏给刘德建讲的故事,心里想关于房契的隐藏地点,吴记的二姐吴胜兰一定告诉了儿子李怀鹏。所以,李怀鹏给刘德建讲的故事里也有很多不是实话。

吴家祠堂的历史,吴记他们这一辈人都知道,所以,李怀鹏说的故事应该是他的母亲吴胜兰而不是大姨吴胜梅讲给他听的。

吴胜兰告诉了他房契藏在哪里，但是因为李怀鹏不熟悉吴家寨的地形，所以请刘德建帮助带路打探。

看见梧桐不语，吴记接着说："我想，要是我爹把房契藏起来了，那么很有可能，你爷爷把三家的约定文书也藏起来了，而且还把所藏地点告诉了你爸。你爸应该跟你说了这个地点，这个地点就在你们家的老宅。最近村里都在传你在拆老宅的时候挖出了什么宝贝，什么宝贝要用油纸包着啊？最大可能就是文书一类的东西啦。桐桐，纸里包不住火啊，早晚大家都会知道的，那份文书和房契一起才有用，没有房契，啥文书都是瞎掰，你说对不？"

梧桐还是不说话，但是脸上似乎没有了刚开始的坚定。

吴记看她有所松动，继续劝说："这样吧，记叔答应你，只要你把那份文书拿出来给记叔看看，记叔找到房契之后，咱们俩一起处理后面的事儿成不成？"

梧桐似乎是被说动了，寻思半晌，嘴里吐出十六个字：

东坡丙辰，
诸葛子云。
玉溪画楼，
易安沉沉。

吴记听了一愣："你也听说了？"
梧桐也是一愣："我也？那就是说，您早就知道？"
吴记点点头："时间不长，有人告诉的。这是啥意思？"

梧桐摇摇头："我不知道。您知道吗？"

吴记说："我要是知道就不来找你了。我以为这几句话跟那两份文件有关系。"

梧桐正要说话，小美的嘹亮嗓门又从楼下大厅响了起来："桐姐，桐姐，李队长他们回来了。"

梧桐应了一声，对吴记说："我下去接李队长去。"说着就要起身，吴记忙说："我也去吧。"

他俩还没有跨出屋门，李夫雄就带着赵全海上楼来了。赵全海把无人机还给梧桐，道了谢，就要下楼，梧桐问："这就要走吗？吃完晚饭再走呗。"

李夫雄笑着摇了摇头，忽然指向西窗，问："对面那家店叫什么来着？"

梧桐随口答道："叫'东来阁'。最近在装修，还没开张呢。"

李夫雄打了个哈哈："东来阁！我明白了，紫气东来，就是从这儿来的吧？"

梧桐笑了："李队您可真幽默。"

11
刘德建讲的故事（一）

李队长他们走后，村支书吴记也走了。傍晚的时候公安局来了一辆车，是李怀鹏被送回来了，但是刘德生没有回来。

度过了一个不眠之夜的菲菲看到老公回来，飞一般扑了上去，抱住李怀鹏的脖子放声大哭，一边哭，嘴里一边问："老公老公，你没事儿吧？你没事儿吧？"

李怀鹏把菲菲娇小的身子抱住，轻轻拍着她因为抽泣而颤抖的肩膀，安慰她说："没事没事儿，我这不是回来了嘛。"

菲菲说："我们回北京吧，不在这儿待着了。"

李怀鹏顿了顿，说："现在还不能走呢。我们再待几天吧。"

菲菲从李怀鹏的怀里抬起头，问："是他们不让你走吗？"

李怀鹏轻轻点点头，又摇摇头，说："我也不想走。"

吃过了晚饭，李怀鹏带着菲菲来找梧桐。梧桐像是早有准备，在房间里等着他们。之前李夫雄他们走后，吴记追问梧桐那十六个字是什么意思，梧桐坚持说她不知道，也不说从哪儿听说的。吴记无奈,只好走了。

"桐姐,"李怀鹏拉着菲菲进了屋,开门见山,"我们这次来,跟您有关系。不过这件事儿菲菲从头到尾都不知道。现在到这份儿上,我也不想瞒着她,也不想瞒着您。"

菲菲瞪大了眼睛想要说什么,被李怀鹏一扯袖子,闭上了嘴。

梧桐看着他,并没有露出他期望的惊讶神色,而是淡淡地说:"是不是跟老房子里找到的宝贝有关系?"

轮到李怀鹏惊讶了,但是他的吃惊很快消失,因为他想起来,所谓宝贝貌似就是这家院子里挖出来的啊,梧桐是这家的主人,怎么会不知道。

梧桐还是淡淡地,却变了个称呼:"表弟,你是我表弟对吧?你是胜兰姑姑的儿子。你知道什么,就痛痛快快说吧。"

这一轮惊讶的是菲菲,她左看看李怀鹏,右看看梧桐:"表弟?表姐?"连她自己都忘了,当初跟梧桐第一次见面的时候,还是她自己告诉梧桐是李怀鹏的大姨叫他们来吴家寨,并且告诉梧桐她婆婆和大姨的名字的。

有些意外地,梧桐的这一声"表弟"让在公安局待了一整天的李怀鹏眼泪差点掉下来。他咳了一声,整理了一下情绪,开始讲他的故事。

他所讲的,一部分是给刘德建的那一段,关于吴家的,另一部分是给警察讲的那一段,关于和刘德建上山的。

前面一段,梧桐知之甚详,后面一段,梧桐没有听过。

但是梧桐仍然是非常认真地听。在李怀鹏讲完第一段之后,梧桐问:"吴家的事,不是你大姨讲给你听的,而是你妈讲的,对吗？"

李怀鹏失声道："你怎么知道？"

梧桐轻笑了一声，没有解释，而是换了个话题，"根据我知道的情况，房契是由你外公保管的。你外公临死之前，只有你妈妈一个人在家，所以，最大的可能是只有你妈妈一个人知道房契的下落。现在，胜兰姑姑去世了，你是他唯一的儿子，所以，你最应该知道房契的下落，对吧？"

"啊？"李怀鹏听了这话，脑门儿上立刻冒出汗珠，嘴里想说什么，居然说不出来，只来来回回咕哝："没有，真没有……"

"别紧张，"梧桐说，"有两种可能：一种是你根本不知道房契的藏匿地点，一种是你知道地点却不知道怎么找到。我觉得第二种可能性最大，这也是为什么你找刘德建去爬山的原因对吧？"

李怀鹏几乎要崩溃了。在这样连珠炮一般的追问之下，脑子几乎变成了空白。

他不敢直视梧桐的眼睛，她那一双清澈透亮的眼睛现在像是藏了把刀，直刺向他的心脏。嗫嚅了一会儿，李怀鹏终于吐出十六个字：

东坡丙辰，
诸葛子云。
玉溪画楼，
易安沉沉。

梧桐面露惊讶地问道："这是什么意思啊？"

李怀鹏耸耸肩:"不知道啊!我想大概这个村子里或者这个山上有什么跟这些古人有关的遗迹吧。"

"这就是你跟刘德建上山的原因?"梧桐追问。

"也不完全是。"李怀鹏说,"刘德建说的宝贝不是我们说的什么房契、文书之类的,他说的是真的宝贝。"

梧桐又吃惊了。这个山里,到底藏了多少宝贝?

我(刘德建)的老家,在卧龙山西边的龙爪屯。我们那个村很小很小,总共也不超过二十户人家,村里大部分人都是猎户。我从小就跟着我爹在山上打猎。其实吴家寨以前也有很多人以打猎为生,因为这山里没什么平地,没地方种粮食。你看这紫气阁的小老板,一个小丫头都能打只土狼回来。

后来山里的猎物越来越少了,村民们就开始找别的生计。有的去城里打工去了,有的就打起山里野果子的主意,也有人开始种果树。我们龙爪屯没法搞民宿,因为在山顶上,没路上去,修路太难。

从小就在山里转悠,这方圆几十里我都很熟悉,尤其是这吴家寨周围。为啥呢?因为吴家寨跟别的村不一样。一个,是这个村历史特别长,明朝那阵儿就有,要不怎么有吴家祠堂那么大规模的建筑呢。吴家那个祖宗是个大官,传说他从北京城来这儿隐居的时候,带了大批的金银珠宝、古玩字画,甚至宫里的各种瓷器、青铜器什么的,都有。后来,这里闹过土匪,据说土匪们就在这山里发现过明朝清朝的玩意儿。前两年吴家寨的老马家，就是紫气阁看门儿的那个老马的弟弟家里，一个明朝的瓷碗就卖了两万，据说那就是宫里的物件。再后来共产党打土匪，土匪们又把抢劫来的各种财宝藏在了这个山里。

听到这儿，梧桐并没有吃惊，因为这些事儿，她多多少少都听说过。李怀鹏知道梧桐也是本地人，所以在转述这些故事的时候，也试图从梧桐那里得到验证。

吴家寨的地下，是一个没有人知道的迷宫，因为有好多地方是空的。有的是自然形成的岩洞，有的是人工制造的地洞，有古代人挖的，也有当年的土匪挖的，纵横交错，就跟电影《地道战》里演的那样。我们小的时候来吴家寨玩儿，跟这里的小伙伴钻山洞是我们的一项主要游戏。后来有孩子失踪，据说是在山洞里掉进了深渊，乡里和县里就把很多洞口给封死了。到现在，几乎所有的危险通道都被封死了，外边进入地下的入口也都给封死了。这也是因为要搞民宿旅游，县里担心旅客的安全，只留了极少的几个入口，一般人根本找不到。

我上中学的时候被选拔去了省里的举重队，没多久就转到了登山队。这里的卧龙山，是我们训练的基地之一。但是从前面爬上去的时候很少，因为太难攀登了，大部分是从后山上。这座山，地图上的标识是海拔3586米，并不算很高，却是出了名的难登。

在登山队待了五年,我就退役了,回到县城,跟我弟弟一起开一个健身房。其实我每年都来吴家寨的。一开始来没钱住店,就在村里找小时候的小伙伴家借住。今年是头一回住店。

每一年我都会去探险,德生每一次都要跟着,但是危险的事儿我从来不带着他。你别说,每一年都会有点收获——去年在一个洞里找到了一袋子银币,上边印着"袁大头",拿到县城卖了,挣了一笔。看起来有点像盗墓的,有没有收获,就看你敢不敢去那些别人没去过的地方。

转述到这里,李怀鹏停了下来,看看梧桐说:"我俩从紫气阁出了门,他一路走一路说,说到这儿,他停了下来,钻进深深的草丛,往里走,走了很远的样子,就进到了一个山洞。"

梧桐插嘴:"在什么地方?"

李怀鹏挠挠头,不好意思地说:"我真不知道。我一路上都在听他说话呢。大概是在村子西边吧。反正没上山。"

看梧桐点头,李怀鹏接着说:"进去之后,他打起了手电,一路照着走,开始的时候脚下比较平坦,后来就很难走了。不过刘德建显然是不只一次到来,轻车熟路的。"

梧桐神色凝重,李怀鹏看看她,继续讲那天发生的事。

不知道走了多久,走在前面的刘德建忽然"咦"了一声,停下脚步,把手放在耳朵后面听了听,嘴里喃喃着:"不对呀,这边没路啊。"

他把手电的灯光先向左边照去，再往地下照照，发现土有点新。我看了也是很吃惊，这边有个洞口，居然是新挖的！刘德建示意我噤声，放轻脚步，朝左边的一个像是人工开凿的通道走过去。走着走着，居然看到一丝亮光，是灯光，走出通道，是一个山洞，应该还是在地下。山洞四周，有几间像是屋子的小山洞，大部分都黑着灯，只有其中一间有灯光，隐约看见墙上挂了一些字画，却看不清楚。

我们正想上前一探究竟，忽然听到了脚步声。刘德建示意后撤，当我撤到通道外面的时候，听得身后"砰"的响了一声，我怀疑那是枪声，但是我从来没有听过真正的枪声，所以不敢判断。不过刘德建很快便跟了上来，我拉着他迅速离开，后面没有人再追踪。

枪声？梧桐颇感震惊，但什么也没说，只听李怀鹏继续说。

从山洞里钻出来又在草丛中走了一段，就进了树林，出了树林，就看见了卧龙亭。

梧桐"噢"了一声，像是在想这个洞口在什么地方。李怀鹏接着说那天的事。

然后我们两个就上了山。后来的事，跟和警察说的就一样了。

12

野　人

　　事情变得越来越复杂，越来越扑朔迷离，梧桐紧紧地皱着眉头。

　　看李怀鹏结束了叙述，梧桐看着他："这些事儿你都跟警察说了吗？"

　　李怀鹏说："都说了，一点都没隐瞒。因为我怕警察怀疑是我杀了刘德建。"

　　梧桐问："那你下一步有什么打算？"

　　李怀鹏苦笑着说："打算？我还能有什么打算。警察让我暂时留在这里，等事情调查清楚之后再走。我也不敢走啊，谁知道杀刘德建的人会不会连我也杀了。"

　　梧桐问："你怎么那么确定刘德建是被杀的？"

　　李怀鹏说："警察也这么问。我在想，那两只狗怎么就那么巧出现在那里，怎么就把刘德建扑下山崖？刘德建是运动员出身，一般野狗没那么容易做到吧？"

"你是说那两只狗是被人训练出来的？"梧桐问。

李怀鹏说："我不敢肯定。我猜的。"

梧桐望了望天花板，出了会儿神，说："你就住在这吧。什么房契文书的，先放一放，别再乱跑，保证自己的安全最重要。"梧桐心里想的，是警察把李怀鹏放回来的目的，以及警察一定会在暗中保护李怀鹏，因为他现在可能是谋杀罪的证人甚至嫌疑人。

李怀鹏"嗯"了一声说："表姐，我听您的。"不再叫"桐姐"，说明此时的李怀鹏已经把梧桐看作一家人了。

梧桐点点头，拍了拍李怀鹏的肩膀："表弟，你放心，我相信警察一定能查出真相，还你一个清白。咱们既然是一家人，就一起面对接下来要发生的事。你一定很累了，先去休息吧。"

李怀鹏牵着菲菲回到了自己的房间。梧桐关上门，回忆着刚才李怀鹏的话，忽然想起来今天赵全海来借无人机的事。

第二天早上，阳光明媚，秋高气爽，满山都是各种昆虫、鸟类的叫声。这个季节，就有乡下人编了笼子，在山里捉了蝈蝈，拿到县城里去卖。

梧桐一大早就出了门，牛仔裤、运动衫、丸子头，身后背一个大大的登山包。

走到卧龙亭的时候，发现有一个人已经坐在亭子里了，正神情玩味地看着她。

是邵大齐。

梧桐随口问："你在这里干吗？"其实梧桐心里清楚，这家伙每天早出晚归的，是个到处瞎串的。

邵大齐一笑，露出一口整齐雪白的牙齿，假装一本正经地说："我在等你呀。"

梧桐被这低级的撩妹手段气乐了："等我？好啊，那你今天一天都不许离开我。"

梧桐对这个民俗研究者和冒牌画家的印象很是不错，想逗逗他，没想到邵大齐打蛇随棍上，一口应承："没问题呀。你要是赶我走你就是……"话还没说完，梧桐就截住了他："呸！你才是小狗呢！你今天没事儿啊？"

邵大齐说："有事儿啊，就是陪你呀。"

"讨厌！"这家伙怎么这么油嘴滑舌。梧桐心里想着，脸上却有掩不住的笑意。

邵大齐问："那你今天是要干吗去呀？"

梧桐故意把脸一绷："你是跟屁虫，跟着就行，问那么多干吗！"说来也怪，梧桐自己都不明白，为什么在这个人面前说话会很轻松随意，好像怎么闹对方也不会介意一样。

邵大齐果然毫不介意，还调皮地打个立正，做敬礼状道："报告，是我错了。以后保证不问，就跟着！"

梧桐被他逗得哈哈大笑，指着他说："你这家伙，你这家伙……好好好，你跟着我走吧，咱们今天航拍去。"

"航拍？太棒了！"邵大齐手舞足蹈，像个孩子。

两人离开卧龙亭，取中间的上天梯，跨过潜龙谷，开始爬山。约莫半个小时，就登上了一个小小的平台。这个平台，就是李怀鹏和刘德建前天到过的地方，很多游客都来过这里，到了这里，基本上就没路了，没办法再往上爬。

说是平台，其实并不平整，脚底下的石头坑坑洼洼的，大约有个十来平方米的样子。邵大齐从背包里掏出相机，梧桐看了嘴里"切"了一声，讽刺地说："别拿你那破相机了，你来这儿也不止一回了吧，还有啥可拍的。"

邵大齐脸红了一下，嘴里不服："你怎么知道的？你跟踪我呀？"

梧桐把嘴一撇："跟踪你？我有病啊？你每天早上出门不从我窗户下边过去呀？"

邵大齐没想到这一层，有点尴尬，嘴上还是不服："哼！那又怎样？你每天看我出门啊？不会是爱上我了吧？"

这回轮到梧桐脸红了，"呸"了一声，还嘴说："美死你，谁爱你呀！"

晨起的阳光照在两个人脸上，一个英俊，一个美丽。四只眼睛中放射出的目光忽然碰在一起，就像是两条丝线，居然缠住了不能松开，两个人一时痴了。也就两秒钟的时间，当他们反应过来的时候，同时脸红，感觉不自在起来。梧桐觉得自己的心脏就像是刚刚跑完百米冲刺，跳得厉害，邵大齐却是在心里骂了自己一句："怎么回事！难道这就叫一见钟情？"

过了好一会儿，还是梧桐先反应过来，赶紧从自己的背包里把无人机拿了出来。邵大齐凑过来帮她。梧桐把无人机递给邵大齐，又从背包里拿出遥控器。看着邵大齐拿着无人机在摆弄，检查四个机翼，摄像机是否固定，然后熟练地拿出一个平板电脑与遥控器绑定，梧桐有点惊讶："怎么，你也会玩这玩意？"

邵大齐嘻嘻一笑："别忘了，我除了是个冒牌的画家，还是个冒牌的摄影师呢。我也用这玩意的。"

一会儿工夫，无人机飞了起来，梧桐手把着遥控器，一会儿看看天空上的无人机，一会儿盯着平板电脑上的监视器。只见崇山峻岭，绿色绵延，在早晨的阳光下，安静而壮丽。

梧桐操纵着无人机，一直贴着山边向上飞。邵大齐在一旁看着，觉得有点奇怪，感觉梧桐像是在寻找什么东西似的。

今天的天气非常好，也没风也没雨。天蓝的不像话，万里无云，所以镜头里的景象就格外的清晰。

坐在一块石头上，梧桐小心翼翼、全神贯注地操纵着无人机，无人机在不断地上升，一百米，二百米，五百米，八百米，一千米……镜头里一会儿是树林，一会儿是裸露的巨石，偶尔能看见从林子里蹿出来的土狼和猴子。因为这些年国家越来越重视环境保护和动物保护，野生动物的踪迹又慢慢的多了起来，甚至还有人看到过熊。

无人机在山边上盘绕，梧桐的脸上渐渐露出一点焦急的神色。邵大齐看在眼里，并不说破，而是坐在梧桐身边，和她一起认真地看着平板电脑屏幕。

大概到中午时分，也就是差不多过了三个小时之后，梧桐忽然低呼了一声："啊！"

邵大齐忙注意看平板电脑上的镜头。

高高的山脊上有一个黑影，一个移动的黑影，而且很容易判断，那个影子不是黑熊或者大猴子的，因为他是用两条腿走路的。那是一个人的身影!

梧桐调整了无人机上的摄像镜头,试图把镜头拉近,但是因为山上风太大了,无人机飞行不稳,很难聚焦。她多次试着控制无人机向目标靠近,但是折腾了半天,也没成功。梧桐筋疲力尽,就把手里的遥控器递给邵大齐:"你来试试。"

邵大齐早就想把遥控器要过来,但又不敢开口。现在看机会来了,也没客气。

邵大齐的水平比梧桐高出不少,但是即便如此,也不能很清楚地看到目标。只能看出来那个人个头不高,佝偻着腰,长长的白头发垂到腰际,移动速度很慢。

"白毛女?!"

两个人同时想到。

"山脊这么高,他是怎么上去的?"梧桐惊讶不已。

邵大齐头一次没再嬉皮笑脸,脸上的表情竟有几分严肃。

梧桐愣了一会儿,又说:"这个……要不要告诉警察呢?"

邵大齐想了想,摇摇头,"你刚才是不是说过这个无人机昨天被警察借去了?"

梧桐说:"对啊,怎么啦?"

邵大齐又恢复了那副嬉皮笑脸的样子,用指头虚点一点梧桐的额头:"傻孩子,你想想,警察要无人机干什么?你能看到的东西我估计警察们也能看到,你说是不是?如果是这样,警察们会有所行动的。你先等等看吧。"

梧桐撇撇嘴:"你才是傻孩子呢。好吧听你的。"

邵大齐问:"我说,你今天来是不是就是在找这个人啊?"

梧桐看看他,故作神秘状:"这个嘛,以后再告诉你。我饿了,咱们回紫气阁吃饭吧。"

邵大齐无奈,摇摇头,跟着梧桐下山。下台阶的时候,走在前面的邵大齐不时向梧桐伸出手,生怕她摔倒。一开始梧桐还有点拒绝,可她一心想着山上的"野人",突然脚下踩空,要不是邵大齐眼疾手快扶住了她,她就得崴伤脚了。她有点感激地抬眼看了他一眼,正对上对方笑意盈盈的眼睛。那一瞬间,梧桐竟然心跳加速,脸红起来。心慌意乱之中,她也忘了把手抽回来,任他拉着自己默默地向山下走。一对年轻的男女,在不知不觉中,都对对方产生了一种异样的情愫。

13
秦杉的回忆（一）

两个人走后，平台下边的草丛中露出一颗脑袋，正是紫气阁的住客，老秦头秦杉。

梧桐感觉这几天自己被跟踪了，她的直觉是正确的，因为跟踪她的人里面就有秦杉。

看着梧桐和邵大齐下山的背影，秦杉的眼睛里射出一道精光，腰板一挺，好像整个人年轻了二十岁，和他平常在人面前迷迷瞪瞪的样子完全不同。往山下望了一会儿，直到梧桐和邵大齐的身影隐没在树林中，秦杉才转过身来，向山顶看去，嘴里念叨着："半个世纪了，难道你真的还在人世吗……"

坐在刚才梧桐坐过的石板上，秦杉仰望着山顶，几十年前的往事涌上心头。

1951年2月，中国人民解放军湘西军区发出《剿匪政治动员令》，全面进剿湘西土匪，自此，历时两年多的湘西大剿匪战役全面展开。到1952年年底的时候，剿匪战役基本结束。但是没有人知道，其中"中国人民反共救国军"司令陈光中下辖的一支武装，有一百多人，在陈光中的副参谋长、上校林云南的率领下，躲过了解放军的重重围剿，逃出了湘西的大山，流蹿到千里之外的卧龙山。落脚之后，成立"卧龙山反共救国军"，林云南自任司令。虽然他们打着"反共救国军"的旗号，名义上还是国民党的军队，实际上因为逃跑匆忙，路上又打了几次仗，搞得手里连一部电台都没有，与国民党已经完全失去了联系，所以，到了卧龙山以后，他们很快就变成了真正的土匪。他们占据吴家寨的吴家祠堂作为指挥部，对周边的乡村大肆劫掠，吴家寨以及周围上百里的村镇都遭了殃。直到一年多以后，这批土匪才被人民解放军消灭。

秦杉的父亲名叫秦海石，曾经是陈光中的参谋。秦海石曾被选入保定军官学校童子班，不但文采出众，而且武功高超，足智多谋，在陈光中的参谋当中，秦海石是最受陈光中器重的一个。所以，在秦海石跟着林云南逃到卧龙山之后，就被林云南任命为"卧龙山反共救国军"的副司令。那个时候，秦杉还没有出生。

吴家寨所在的这个山谷，从上空看很像一个洗脚盆，除了北面高耸入云的卧龙山，其他三面也都是山岭围绕，那时候，唯一的一条通往山外的小路在村东面，就是现在的紫气阁往东的方向，只要把这条小路封死，整个山谷就成了一个牢笼，里面的人出不去，外边的人进不来，因此，解放军的剿匪战斗进行得很不顺利，花了半年的时间都没有打下吴家寨。后来，解放军派侦查员打入土匪内部，策反副司令秦海石，才得以打入山中，拿下吴家寨,端了土匪的老窝,击毙了土匪头子林云南。临死之前,林云南才知道是秦海石背叛了他。

剿匪完成之后,秦海石因为剿匪有功,被人民政府宽大处理,功过相抵,秦海石成了吴家寨的一个普通村民。

秦杉是1953年在吴家寨出生的。他跟其他的吴家寨村民最大的不同之处,在于他的父母都是在湖南长大的,吃辣的水平比当地人高出不知多少倍。秦杉从小跟父母养成了这样的饮食习惯,这才能把小美养的朝天椒当零嘴吃。当然,老秦头偷吃朝天椒并不是因为嘴馋,而是想以这样的方式向梧桐那小丫头透露一些信息,引起她的注意。

除了吃辣,秦海石每天还教儿子练功。秦海石的出身差,属于"黑五类"。什么是"黑五类"呢?就是"地主、富农、反动分子、坏分子、右派"的统称,简称"地富反坏右"。秦海石的"出身"被划在"反动分子"一栏,所以在村里的地位比较低,因此,他们家也就住在村子的最边缘,是离山脚最近的地方,这倒是方便了秦海石对秦杉传授武功。

秦海石的武功一半是家传,一半是后来的师父传授,当兵之前就是方圆百里的武功高手。后来在国民党军队里当武术教官,再后来给"中国人民反共救国军"司令陈光中做参谋,在很大程度上实际是陈光中的保镖。

秦海石最拿手的功夫是五行拳和五行刀,传授给秦杉的也主要是这一套武功。秦杉长得矮小,五行拳中练得最好也是他最喜欢的就是猴拳。从三四岁开始,秦海石就每天带着秦杉练功。到秦杉十多岁的时候,他的武功已经进入了高手之境。

为了锻炼和验证孩子的武功，秦海石经常带着秦杉进山打猎。但是他自己背枪，小秦杉却是赤手空拳，遇到土狼之类，先是秦杉上去徒手搏斗，打不过的时候秦海石才会开枪。秦杉一辈子都忘不了的是有一次遇到了一只狗熊，虽然不是成年的大狗熊，但是站起来也跟秦杉的个头差不多。狠心的老爹居然让十来岁的秦杉上去和狗熊搏斗。那一次，如果不是老爹的枪足够快，小秦杉一定会被巨大的熊掌拍成肉饼。

1965年，秦杉到县城去读中学之后，才摆脱了老爹每天的折磨。说起秦杉上中学这事儿，还是要感谢当时的村支书吴盛，也就是梧桐的亲爷爷。因为在那个年代，一个"反动分子"的后代，是无论如何都不会有这样的机会的，只是因为小秦杉在小学的学习成绩非常好，而吴盛作为一个曾经的语文老师非常欣赏这个孩子，于是就以"表现我党宽大政策，给黑五类子女改革自新的机会"为名，把秦杉送去了县城。吴盛跟秦海石的年纪差不多，秦杉一直管吴盛叫"二叔"，对他非常感激。

秦海石一家在吴家寨平平安安地生活了十几年。虽然中间的各种政治风波也曾影响到秦海石，毕竟他的出身是"土匪"，但是都被村支书吴盛给保护了，因此，秦海石对吴盛十分感激。要知道，在那个年代，一旦在运动中被定为反面人物，那么轻则坐牢，重则丢命，不是闹着玩儿的。秦海石一个曾经的土匪头子，能够逃过几场劫难，几乎全都仰仗吴盛的庇护。从这个角度说吴盛是秦家的救命恩人也不为过。但是那个时候的秦杉还小，并不懂得这么多，只是觉得父母对吴二叔非常的尊重。

然而，这样的好日子并没能继续下去。"文化大革命"开始后的1967年，吴家寨没能逃过红卫兵的冲击。村支书吴盛首当其冲，理所当然地被划成"走资本主义道路的当权派"，第一个被红卫兵关了起来。吴家三叔吴丰只因是吴盛的弟弟，就被当作"反动派家属"，也给关了起来。失去了保护的秦海石这一次没能逃过命运的劫难，同样被关了起来。

"地富反坏右"们被关进了吴家祠堂的一个小院子，除了每天早中晚三次背诵毛主席语录，就是被红卫兵们拉去游街。游街的时候每个人胸前挂一个大大的牌子，上面写着"走资派吴盛""反动分子、土匪秦海石"表明各自的身份。每隔几天还会开村民大会，把这些人拉到台上示众，让贫下中农们上台控诉这些"坏分子"的罪行，每一次都少不了一顿毒打。

秦杉那一年十四岁，正在上中学。学校已经"停课闹革命"，秦杉因为出身不好，早早地就被人带上了"反动派狗崽子"的帽子，排除在"无产阶级革命队伍"之外。秦海石怕孩子在外受罪，就把秦杉接回了吴家寨。

眼看着父亲天天游街受苦，秦杉小小的心灵备受打击。他以前并不知道父亲的过往，所以，在知道父亲曾当过土匪、是国民党反动派的时候，也想过跟父亲"划清界限"，但是十四岁的孩子毕竟太小，于是他去问母亲。

秦杉的母亲是上过大学的，在和秦海石结婚之前是天津北洋大学的学生，属于见过世面、知书达理的女性。母亲把前前后后的事情讲给秦杉听，小秦杉终于明白父亲虽然曾经是一个坏人，是国民党反动派，但是在关键时刻，父亲做了好人，拯救了很多人的性命。然而,即便如此,他这个"反动派狗崽子"的身份仍然让他在村里抬不起头来。秦杉不再怨恨父亲,在他心里,父亲是个好人。他甚至天真地想,当初父亲加入国民党的军队,是被共产党解放军派去当卧底的。

见孩子实在可怜,秦海石在秦杉去送饭的时候悄悄告诉他,让他写一张大字报与自己划清界限。在母亲的帮助下,秦杉照着做了,一张题为"与反动派秦海石划清界限、断绝父子关系"的大字报张贴在吴家祠堂的正面墙上,在众多的大字报中显得格外抢眼。

姓林的红卫兵头目接纳了小秦杉,让他带上了"红卫兵"的红袖标。却没想到,姓林的让秦杉做的第一件事就是上台控诉秦海石,自己的父亲。秦杉不知道该怎么做,回家问母亲,母亲帮他编了一套说辞,第二天上台,秦杉慷慨激昂地把父亲控诉了一番,在父亲鼓励的眼神下,还扇了父亲一个耳光。十几年山中练功结下的父子情谊,让秦杉心如刀割,在他小小的心灵中,恨透了那帮红卫兵。

14
秦杉的回忆（二）

1967年的夏秋之交，一个风狂雨骤的晚上，两个红卫兵闯进家里，不由分说地把秦杉的母亲带走了。孤独的秦杉等着母亲回来，但一直到凌晨，母亲都没有回来。第二天，母亲还是没有回来，秦杉跑去作为红卫兵总部的吴家祠堂寻找，被守门的红卫兵赶了出来。

三天以后的一个晚上，父亲从窗户里跳进了家。月光下，被惊醒的小秦杉看见父亲满身满脸都是血迹。秦海石匆匆地在家里拿了一些东西放进一个包裹，然后拉住秦杉的手，用颤抖的声音说："孩子，我本来想带你走的。但是我想了，带上你咱爷俩都活不成。我有几句话你记住，记在心里，一辈子都不能忘！"

懵懵懂懂的秦杉吓坏了，使劲点头。

秦海石说："你妈妈被他们逼死了！我再不走也是死路一条。你记着，那个姓林的亲手杀了你的母亲，现在还要杀我。但是，你记着，你不许去报仇。你的武功不错，但是武功再好你也还是个孩子,况且那些人手里还有枪。记着,你要忍着,让自己长大。长大成人之后,报不报仇你自己决定。你也别找我,我能不能活,活多长时间我也不知道。要是以后天下太平了,我会来找你的。"

秦杉抱着父亲的腿,跪在地上,泪流满面,他想说"爸爸我要跟你走,我要给妈妈报仇",但是爸爸阻止了他:"不要说话,听我说。我这一辈子不欠谁的,只有吴家你二叔是我们家的恩人,有机会的话,你要记着替我、替我们秦家报答。"

说到这里,远处已经传来人声,秦海石心一横,从窗户里跳了出去,走之前留下一句:"孩子,不管他们怎么问你,你都不要说见过我!"

父亲走了,红卫兵来了。那个姓林的也来了,逼问秦杉他爸爸去了哪里。秦杉记住了爸爸的话,死咬住就是说爸爸没有回来过。姓林的就让人把秦杉捆起来带走,关在吴家祠堂的柴房里。

吴家寨的"牛鬼蛇神"("文化大革命"期间对"黑五类"的统称)们都被关在这里,最大的"反动派"就是吴家二叔,从前的村支书吴盛。

秦杉被拉出去吊打了三天,姓林的问来问去,仍然是那几个问题:秦海石去了哪里?有没有留下什么。秦杉咬着牙,坚持说没有、没有、没有。姓林的看问不出什么来,就想把秦杉扔到潜龙谷喂土狼,身边人说还是留着好,因为这个小崽子是秦海石在这个世界上唯一的牵挂,说不定哪天秦海石会回来找他,这是个诱饵啊。姓林的听了觉得有理,就把秦杉放了,安排他看管那些"牛鬼蛇神"。说是看管,实际上就是跟他们吃喝拉撒睡在一起，平日里帮忙干些杂活儿而已。

吴盛被拉出去审问的次数最多，每一次回来都被打得遍体鳞伤。有一天晚上吴盛被送回来的时候，已经是凌晨时分。吴盛把秦杉叫醒，秦杉看到他头上流着血，脚下也流着血，吓得说不出话来。吴盛把他拉到院子一角的柴垛下面，轻声说："孩子，我熬不了几天了。有些话，我要跟你说，你记着。"

秦杉看着这位吴家二叔，眼泪无声地流下来。在这个村子里，除了爸爸，二叔是最心疼他最喜爱他的前辈了。秦杉清楚地记着，那一年搞"四清"，工作队把爸爸关了起来，关了好久，家里没有了粮食，他和妈妈只能上山挖野菜度日，是二叔送来了粮食，帮他们渡过难关。更重要的，是二叔最终把爸爸带回了家。

秦杉的武功好，二叔就尽量给秦家父子安排一些挣钱的机会，比如寨子里的婚丧嫁娶，都会让秦家父子去表演一段，混上一碗饭吃。那几年，二叔还安排他爷俩教村里的孩子们练武，各家交的粮食或者山货当了学费。

在秦杉心里，这个二叔就像是自己的父亲一样。对待秦杉，吴盛就像对待自己的亲儿子吴宣一样，锅里不管是什么，有吴宣一口就有秦杉一口；二婶做衣服，有吴宣一件，就有秦杉一件。眼下看着二叔已经奄奄一息的样子，心里怎么能不痛苦难受！孩子虽小，经过了那么多，已经懂得世故了。

二叔用近乎耳语的声音在小秦杉的耳朵边说着："这一回我是活不成了。这个姓林的是当年那个土匪头子林云南的儿子，他原来叫林佩法，现在叫林发培。当年剿匪，林云南的一个小老婆带着他钻山沟跑了。你爸爸当年起义,林云南被解放军打死了,他们就认为是你爸爸把林云南给害了,所以这个林发培就来报仇。不知道这些年他躲在什么地方,也不知道怎么就成了红卫兵,但是这一回他来吴家寨,是有备而来的。一开始我不知道,后来他拷问我,问的很多事儿都跟当年的剿匪有关,被我猜到了身份。所以孩子,因为这一条,他是不会让我活着出去的。"

二叔停下来喘息着,半天说不出话。秦杉就问:"二叔,他们天天拷问你,都问些啥?"

二叔费力地伸出手,在秦杉的脑袋上摸了摸,一边喘息着,一边叹了口气:"孩子,这些事儿你还是不知道的好,都是很久以前的事儿啦。唉,可不能一辈一辈再往下传了。"

说着,就要咳嗽,他使劲捂着嘴,尽量不让自己咳出声来,低沉地咳了半天,秦杉闻到了一股腥气的味道,他知道,那是二叔咳出来的血。

二叔艰难地说:"孩子,记着,不要报仇,要好好长大。"

秦杉心窝里忽然大热,因为这正是爸爸临走前跟他说的话呀!他使劲地点点头,低声抽泣着叫了声:"二叔!"却再也不知道该说什么了。

二叔又喘息了一会儿,说:"唉,对酒当歌,人生几何。我这一辈子啊,就这么结束了。"

秦杉没听懂前半句,却听懂了后半句。二叔这是要死了吗?他趴在二叔的胸前,哭着重复着一句话:"二叔,你别死,二叔,你别死。"

二叔摸着秦杉头的手又动了动,忽然好像在笑:"呵呵,傻孩子，人都会死的。噢，对了，我想起一件事儿，"二叔的声音忽然清晰起来，让秦杉很是高兴，他不知道，这是人死之前的回光返照。

二叔说："我教你几句话，你记住了。等你长大了，太平盛世了，你就去找吴宣，把这几句话告诉他，好不好？"

秦杉点头："好，二叔。"

二叔又叹口气："好孩子，好孩子。那你记住了：东坡丙辰，诸葛子云。玉溪画楼，易安沉沉。"一边说着，一边伸出手，在秦杉的小手掌心一笔一画地把十六个字写了几遍，直到秦杉说记住了才停下来。

秦杉问："二叔，这是什么意思啊？"

二叔没有回答，又是一声叹息："唉，他懂得就懂得，不懂得也就算了。你就这么跟他说就好了。如果到那个时候吴宣也不在了，你就传给吴家的后人吧。"

秦杉没有再问，心里默念着这几句话，过了一会儿，没再听到二叔说话。他叫"二叔，二叔"也没有回答。他把小手伸到二叔的鼻子底下，发现二叔已经断了气。他再也忍不住，"哇"的一声哭了出来。惊天动地的哭声唤醒了柴房中的"牛鬼蛇神"们，也惊醒了门外的红卫兵。

二叔就这么死了，秦杉心中的仇恨又多了一层。第三天，吴家三叔吴丰也死了，是上吊自杀的。在秦杉十五岁的胸膛里，已经放不下这么多的仇恨。他忘记了爸爸的话和二叔的话，在那天晚上，他逃出了柴房，拿着一把锋利的柴刀，闯进了林发培的卧室。

一场混战。林发培的护卫被砍翻了两个,林发培的一条胳膊被秦杉齐根斩下。而秦杉的右腿上,则挨了林发培一枪。

拖着受伤的右腿,秦杉逃出了吴家祠堂,逃出了吴家寨。他想去找父亲,但是不知道父亲在哪里。凭着在吴家寨十几年的经验,他熟悉吴家寨周围的沟沟坎坎,甚至对吴家寨地下的各种洞穴也了如指掌。仗着这一点,林发培的红卫兵们没有能追到秦杉。

15
秦杉的回忆（三）

在大山的森林中，一个瘦小的身影在疯狂地跑着，腿上的鲜血淌下来洒在林间的土地上。就这样，秦杉跑了整整一天。当他昏倒在树林里的时候，已经是第二天的下午了。

一个猎人救了秦杉，还帮他把大腿上的子弹取了出来。在猎人的窝棚里养了一个月，恢复之后秦杉就离开了。他不知道那天晚上他砍翻的两个红卫兵是不是死了，也不知道林发培是不是死了，一旦其中有一个死了，他就成了杀人犯。他不能连累救了他的猎人，他必须走。

很多天以后，在吴家寨数百里之外的一个城市，出现了一个十四五岁的小乞丐。他白天在街上沿街乞讨，晚上就在城市的护城河的桥洞里过夜。春夏秋还好，到了冬天，小乞丐快要活不下去了。终于有一天，他到一个旅店里偷了一床被褥被人抓住，毒打一顿后，送到派出所。后来，又被送到少管所。他自称是孤儿，那个年代的孤儿也多，没有人帮他查找父母的下落。

几年之后，秦杉成年，被放出了少管所，政府就把他派给某一个街道，街道给秦杉在附近的一个工厂里安排了一份电焊工学徒的工作，一个月工资十六块五毛。秦杉用三块钱在街道上租了一个可以睡觉的地方，从此开始了新的人生。

两年后，秦杉出徒，成为一名正式的电焊工，月工资三十一元人民币。再往后，工作勤恳的秦杉成了电焊组的组长。三十岁那年，当了车间主任，而且娶了媳妇。第二年，媳妇就给他生了个大胖儿子。这个时候，已经是改革开放的八十年代。

娶媳妇之前，秦杉回过一趟吴家寨。那个时候的吴家寨还是跟从前一样贫穷，村里的男人大部分都出去打工了。秦杉小时候熟悉的吴方在外边当兵，吴元和吴宣等青壮年都已外出打工，已经很少有人知道这个村子里还有过一户姓秦的人家，也没有人认识秦杉。

他找了几个六十岁以上的老人，在没有透露姓名的情况下了解到了吴家寨那一段剿匪的历史。老人们都知道林云南，都知道秦海石，也都知道那一段故事。甚至，很多人都知道有个小孩杀了红卫兵逃跑的事，只是不知道眼前的这个精瘦汉子就是当年的那个孩子。

就在秦杉有些失望地想离开的时候，却意外地找到了一个当年一起被关在吴家祠堂柴房里的"牛鬼蛇神"。这个人也姓吴，叫吴家帧，本来是村子里一个普通的农民，当时被关进去的原因是他在背诵毛主席语录"凡是敌人反对的，我们就要拥护；凡是敌人拥护的，我们就要反对"的时候背错了，背成了"凡是敌人反对的，我们就要反对，凡是敌人拥护的，我们就要拥护"，因此成了"反动派"。

吴家帧认出了秦杉,当时吃惊不小。因为那天晚上秦杉砍倒的红卫兵后来死了一个,所以,秦杉在某种程度上算是杀人犯。但是吴家帧对秦杉说,他和当时关在柴房里的其他人都是十分感激秦杉的。因为秦杉那天晚上的冲动,砍掉了林发培的一条胳膊,林发培就回到城里治伤去了,吴家寨的红卫兵群龙无首,很快也都走了,之后,再也没回来过。柴房里的"牛鬼蛇神"们因此躲过了一场劫难。

秦杉在二叔临死前曾经问过他一个问题:林发培拷问你们,都问了什么。实际上,秦杉心里还有一个疑问,那就是如果父亲就是林发培的杀父仇人,林发培大可以把父亲一枪杀了报仇,但他为什么没有这么做呢?母亲又是怎么死的呢?

秦杉把这一连串的问题抛出来问吴家帧,让他失望的是,吴家帧并没有给出确切的答案。据吴家帧所知,当年林云南带着部队来到卧龙山的时候,除了枪支弹药,还运来了不少金银财宝。后来这伙土匪在吴家祠堂下面,又挖出了不少吴家老辈子人埋藏的珍宝。但这都是传说,因为解放军打进来之后,并没有在土匪的大本营也就是吴家祠堂发现什么值钱的东西,只是审讯了落网的土匪,在山上找出来一些土匪埋藏的财物,也没什么特别值钱的东西。

经过反复思考,秦杉推断,如果真的有宝藏被埋藏,这件事儿应该只有土匪的最高头目知道,也就是说,林云南和自己的父亲秦海石会知道。而林云南被解放军打死,秦海石投靠了共产党,所以,秦海石知道的秘密,村支书吴盛也可能知道。这样,当时林发培拷问秦海石、吴盛，甚至把秦杉的母亲拷问致死就能说得通了。

秦杉也问过吴家帧有没有自己父亲的消息，老人说没有。打从那天晚上秦海石逃走，就再也没有了他的音讯。

因为自己的复杂背景，秦杉不敢声张，悄悄地离开了吴家寨，回到了生活的城市。在工厂里，秦杉勤勤恳恳，一路做到车间主任、副厂长、厂长，还入了党，一干就是三十年。

进入新世纪之后，市场环境大变，产品滞销，工人下岗。退休之前的秦厂长没能坚持到最后一刻，给自己的职业生涯画一个圆满的句号，对此他一直觉得很是惭愧。

下岗后的秦杉没有依仗儿子生活，让他庆幸的是这些年来，他的功夫一直没有放下，每天练功是在上班之前必做的功课。所以，在儿子的帮助之下，他在街道开了个小小武馆，教小孩子练武术。大家都很喜欢他。

但是秦杉的心里从来没有放下过吴家寨。不过，他不愿意把这些事儿跟孩子们说。在他有了孙子的那一天，他就下决心把事情了结在自己这一辈上，因为吴家二爷爷临死前说过"不能再一辈一辈往下传了"。

让秦杉下决心再来吴家寨的起因是吴家寨民宿旅游的声名鹊起。有一天看电视，在一个省级旅游表彰大会的报道中，秦杉无意中看到"吴家寨民宿旅游服务集团"的董事长林玉坤的讲话。这件事触动了秦杉的神经，原因只有一个：这个人姓林。秦杉这一辈子都对姓林的敏感，然后仔细看了看这个姓林的长相，总觉得他跟林发培有相像之处。因为林发培这个杀母仇人的样子，已经深深地铭刻在秦杉的脑子里。

秦杉感觉这件事不是巧合,所以,他就把武馆交给徒弟,再一次来到了吴家寨。那一次是一年前。

一声嘹亮的叫声,打断了秦杉的回忆。抬头一看,是一只山鹰在头顶盘旋。秦杉抬起头,看见日头已经开始向西,就束了束腰间的带子,系紧了运动鞋的鞋带,脚下一用力,就猴儿一般蹿进林中,顺着石头中间的缝隙开始向上攀登。

和刘德建不一样,秦杉不是专业的登山运动员,所以,秦杉没有刘德建那些专业的登山技巧,更没有刘德建随身带的登山装备。但是秦杉还是有信心的,因为第一,秦杉的武功不弱,而且擅长猴拳;第二,秦杉也是山里长大的,小时候跟着父亲整天爬山,所以对大山并没有太多的畏惧。

但是,在攀登到3000米以上的时候,秦杉终于遇到了困难。首先是眼前出现了断崖,直上直下,完全没有可以下脚的地方;其次是空气开始稀薄,秦杉出现了高反,呼吸有点费力,头开始微微地疼。

太阳眼看就要落山,秦杉仰望着山巅,无计可施。山鹰的叫声再一次传来,好像是在嘲笑眼前这个精瘦的老头。秦杉叹了口气,在一块石头上坐了下来。

就在西边的太阳有一半已经落到山后的时候,一个让秦杉大吃一惊的情景出现了,他看见从断崖的上边飘下来一根绳子,一根很粗的绳子!秦杉喜出望外,思忖了片刻,决定冒险一试。

他抓住那根绳子向上攀爬,大约爬了一百米后,一块巨大的石头出现在眼前。攀上这块大石头,秦杉终于可以歇一口气,四下打量。他看见这根绳子的上端绕在一块巨大的怪石之上,巨石的顶上,站着一只大鸟。定睛一看,不是刚才发出啸声的山鹰又是谁?

山鹰的嗓子里咕噜咕噜的,脑袋对着秦杉一点一点的,竟像是在说着什么。秦杉看了一眼,心里吃惊,立马警惕起来,右手往腰后的匕首伸去。

"你不是小刘。"一个苍老的声音在秦杉耳后响起,把秦杉吓了一跳。照秦杉的武功水平,一个人走到跟前还不被他察觉的可能性几乎没有,除非这个人也是武功高手,而且轻功了得。

秦杉愕然地向后望去,竟看见一个白发披肩的"野人"。这个人身高不足一米六,身上的衣服并不破烂,甚至,脚上还穿着一双运动鞋!

秦杉已经认出了眼前的这个人是谁,但白发老人却没有认出秦杉。他用低沉的嗓音又问了一句:"你是谁?"

秦杉的眼泪忍不住地滚了下来,他双膝跪地,向前蹭了几步,两手一张,扑在老人脚下,撕心裂肺地叫出了几十年只能在心里叫出来的那一句:"爸爸——我是杉儿啊!"

16
秦海石的故事

白发老人愣在那里，一动不动，撩开自己的长发，看着眼前跪在地上的人，把他的头抬起来，左看右看，嘴里念叨着："杉儿，杉儿，你是我的杉儿吗？杉儿！"

他们站立的巨石的后面，是一片高耸入云的大树，一个山洞，就隐藏在这一片大树后面。难怪梧桐的无人机无法接近，因为山洞被树林彻底遮掩了，离得再高一点，连这块巨石都是看不见的，因为四周的大树就像篱笆墙一样，把这一块地方围得很严实。

这个山洞居然有门，门四周的缝隙被泥土填满，山洞就变成了一个封闭的空间。坐在里面，或许是因为通风的缘故（山洞朝东的方向还有一道"门"），并不感觉到潮湿。里面有一张用木棍编成的"床"，就像是南方人编的竹排一样。山洞里生活日用品居然基本齐全，看得出，山洞的主人和外界是有联系的。

跟现代世界最大的不同，是这个山洞里没有电，因此没有电器，也没有电灯。用来照亮的，是一盏煤油灯。

煤油灯放在一个石板做成的桌子上，边上有两个木墩，秦海石坐一边，秦杉坐另一边。一个已是满头白发，一个头发虽未全白，但也已经满面沧桑。在白发老人的眼里，眼前的这个六十多岁的老头依然是个孩子，是当年跟着自己学武功，练到辛苦的时候会哭鼻子的小杉儿。在六十几岁的秦杉心里，眼前这个白头发的老头依然是自己的父亲，那一个在自己不好好练功的时候会打自己屁股的老爸。

两个人相对而坐，每个人都是一肚子的话和一肚子的问题，但是当他们坐下来的时候，却什么也没说，就这么我看着你，你看着我，四只眼睛相望着，似乎在找回五十年前的记忆。

"爸！"最后，还是秦杉开口了，"这么多年，您就一直藏在这儿吗？"

"差不多。"秦海石缓缓地说，"最早跑出来的时候不是在这儿，挪了好几个地方。这个山洞是住的时间最长的。"

"您知道山下的世界变成什么样子了吗？"秦杉问。

"我知道。"秦海石点点头，"这些年，我和山下并没有断了联系。"

"哦？"秦杉奇怪道，"这么高的山，您是怎么上下的？"

秦海石笑了笑，对门外招了招手，之前站在山洞前怪石上的山鹰扑啦啦地飞了进来，把煤油灯上的灯花扇得摇摇晃晃的。山鹰落在秦海石的肩膀上，秦海石摸摸它的头，说："叫你师兄来吧。"

"师兄？"秦杉瞪大了眼睛，不敢相信眼前的事。这山鹰也通人言？

正纳闷儿着，一个高大的身影从门里走进来，把秦杉着实吓了一跳。原来秦杉以为"师兄"是个人，没想到竟然是一只黑熊。

黑熊走到秦海石面前，居然双手拱了拱，像是拜见礼，然后扭身看看秦杉，"呲"了一声，露出满口白牙。

"咄！"秦海石嘴里轻轻地喝了一声，大黑熊立刻坐了下来。秦海石忽然有点开心地笑了："呵呵，这一回呀，你有师兄了。他，"指指坐在对面的秦杉，说，"他可是你师兄。哦，哦，不对不对，我真是老糊涂了，他应该是你的师伯才对。呵呵，你爸爸也没有他大。"

秦杉显然还没有从震惊中缓过神来，秦海石也不理他，接着说："当年我刚上山的时候，遇到它的父亲被猎人打伤，被我救了，后来就成了朋友，还认识了它的母亲。再后来，它出生了，就生在这个山洞里。再后来，它的父亲母亲都死了，就剩下我俩相依为命。说起来，它也快20岁了。"

秦杉坐在木墩上，依然像是小时候在吴家寨，坐在灶台前听父亲讲故事。

秦海石的故事，从自己小的时候开始。

小的时候，你总是问，爸爸以前是干什么的呀？为什么在吴家寨爸爸好像是外人，是坏人啊？那个时候，爸爸不能对你讲，因为你太小，讲了你也不懂。最重要的，是我和你妈妈怕你知道了我们的过去，我们就会失去你。毕竟，我们俩以前是在国民党的军队里待过的。

我的出身也是农民。我们秦家的祖籍是在河北沧州。我父亲，也就是你爷爷，读过几年书，是个有几亩薄田的农民。你知道贫下中农吧，你爷爷家后来划的成分是中农。沧州人爱练武，有练武的传统，所以我从小就跟着村里的武师们学武。你爷爷不会武，他觉得练武不如习文，所以我小的时候也跟着你爷爷念过几本书。

我后来上学实际上是被"抓"去的。那一年保定军官学校要招"童子班"，要各村各县推荐人才，我们村就把我报上去了。我爹娘不愿意我去，可是被人家相中了，不去也得去。

我小时候聪明，念书看一遍就能记住，所以很快就超过了同年龄的孩子。到了真正上军官学校的时候，我已经差不多有现在中学的水平了。

从军官学校毕业后，就被分配到国民革命军整编第六十三师，当时的师长就是陈光中。陈光中原本是湖南长沙的一个混混流氓，后来加入了湘军第一师，靠屠杀共产党得到赏识。我到六十三师最初是给陈光中当副官，后来因为我文武都有点本事，很快就升到中校参谋。

在解放战争时期，陈光中把队伍拉进了湘西的十万大山里，当起了土匪。虽然国民党当时的国防部长白崇禧任命陈光中为"中国人民反共救国军"司令，但其实陈光中干的还是土匪的勾当。1949年年底，陈光中被解放军在湖南的隆回抓住，不久就被枪决了。

　　陈光中死后，"反共救国军"司令换成了一个姓鲍的，这个人不喜欢我，就把我派到下面第三支队当参谋长，第三支队的司令就是林云南。1951年大规模剿匪开始，林云南从一开始就没打算跟解放军打，而是想着逃跑。所以最后当解放军打进来的时候，林云南早就带着我们大约150人，带着他多年积攒的金银财宝逃出了大山。那个时候，全国基本都已经解放，我们这么多人不敢在有人的地方露面，所以尽可能地往深山里走。出了这座山，进另一座山，就这样在山里逃了大约有一两个月的时间，才来到卧龙山这个地方。

　　最早的时候，并没有想打什么旗号。但是因为占领了吴家寨，杀了不少人，就传了出去。弟兄们也不想再逃跑，就干脆在吴家寨安营扎寨，打出"卧龙山反共救国军"的旗号，也是想配合国民党反攻大陆，期望台湾那边能空投点物资金条什么的。可惜当时逃跑的时候，只带了一些枪支弹药，剩下的都是金银财宝，什么电台之类的玩意儿要么一开始就没带，要么就是被半路扔了，反正到了卧龙山就再没跟国民党联系过。

　　因为陈光中的关系，林云南一直待我不错。其实，从湘西逃出来的主意也有一半是我的建议。所以，到了卧龙山吴家寨，林云南就任命我为"卧龙山反共救国军"的副司令兼参谋长，他是老大，我是老二。

　　解放军攻打吴家寨，攻了半年都没攻进来，还损失了两个连的兵力。后来他们借着我们下山抢粮食的机会，派人打进了我们内部。他们策反的目标就是我。后来我才知道，他们之所以把我作为策反目标，原因之一是我是农民出身，不是地主资产阶级的后代，认为我有被改造的可能。原因之二是经过了解，认为我没有残害过老百姓，是个有良心的人。

其实就算是不策反，我也知道我们最后的下场。那个时候老蒋已经跑到台湾去了，美国人再厉害，也只能在朝鲜跟共产党打仗，进不来中国。最后真正让我下决心起义的原因还是因为你，因为到一九五二年的时候，你妈妈怀孕了。我不想让我的孩子生下来就是土匪，于是我决定向共产党投诚。

其实在跟共产党打仗的同时，林云南也在准备后路。我们占领吴家寨之后，在吴家祠堂的地下，发现了吴家老祖宗遗留下来的一些字画瓷器，我们把这些字画和我们从湘西带来的金银珠宝合在一起，分成五份，分开藏在这卧龙山的地下。为此，我们画了两张藏宝图，一张在林云南身上，一张在我身上。五个负责执行埋藏宝藏的士兵，最后都被林云南杀掉了。

在解放军打入吴家寨之前，我们都在安排妻儿的后路。不同的是，我知道解放军什么时候打进来，林云南不知道。还有一点是，林云南的结发妻子在从湘西逃到这儿的路上就病死了，跟着他的是第五房的小妾。林云南有三个儿子，最后跟着小妾逃出去的是他最小的儿子，叫林佩法。那一年，林佩法有十五六岁。

"就是林发培！"听到这儿，秦杉忽然出声道。

"没错。"秦海石点头，"就是林发培。现在你知道当年他为什么反复拷问我而不杀我，后来拷问你娘致死，还拷问吴家二叔的原因了吧？"

17 案情分析会

秦杉深深地呼出了一口气,五十年来埋在心底的疑问终于有了答案。但是马上,问题又来了。

"爸,"秦杉叫道,"您刚才不是说藏宝图有两份的吗?林云南也应该有一份啊。"

秦海石点点头:"没错。在决定起义之后,我就收买了林云南的贴身保镖,在解放军打进来的那天晚上,那个保镖就把那一份藏宝图偷了给我,我给了他五十块大洋,他也从山里逃跑了。哦,对了,在解放军打进来的时候,是我把林云南打死的。不知道为什么,这件事儿后来的林发培也知道了,所以那天晚上我必须逃走,不然我是必死无疑。"

秦杉点点头,已经没有了刚开始的激动,冷静了下来,问:"爸,那个藏宝图您没有交给政府?"

秦海石沉默半晌,说:"没有。土匪被消灭了以后,解放军在吴家祠堂和山上、山洞里搜出一些土匪窝藏的东西,并没有追问我是不是还有其他藏宝处。我最早的时候没有交出藏宝图，的确是有私心的，我毕竟是个土匪头子，落草为寇这么久，对共产党并没有完全放下戒备。咱们在吴家寨生活了一段时间后，我才知道共产党真的是执政为民，达济天下的好党派。可我已经错过了最佳时机，后来又赶上政治动荡，就再也没勇气交出去了。因为我怕不安好心的人给我扣上一个想独吞宝藏的罪名。"

秦杉接口道："也就是说，这个藏宝图一直在您手里。"

秦海石再次点头："是的。"

"那您打算怎么处理？"秦杉问。

秦海石说："我曾经跟你吴家二叔说过宝藏的事，虽然这里面也有吴家祖辈传下来的一些字画，但我俩都同意，这些财宝取之于民，最终还是要还给国家和人民的。唉，你吴家二叔知道这些事的时候'文革'已经开始了，他让我守护好宝藏，到合适的时候想办法上交给国家……这些年为了生存，我拿了一点银元，换了一些生活用的东西。我在这个山顶上勉强活着，一直没有去找你，就是想守住对你吴家二叔的承诺，也为国为民守住这份宝藏，有朝一日能把这些宝贝还给国家啊！"

听到这里，秦杉沉默了。半天后，他忽然想起一个问题："爸，我刚上来的时候，你说我不是小刘是什么意思？哦！我明白了！"秦杉恍然大悟，"有个叫刘德建的年轻人，您一定见过，对吗？"

秦海石笑了："对，对！这孩子两年前不知道怎么就爬了上来，爬到你刚才到的那个坡下迷了路，在被一群土狼围攻的时候，是黑熊看见，把他给救了。"旁边的黑熊像是听懂了两个人的谈话，居然冲秦杉点了点头。

秦海石看着黑熊，忽然把话题转了回去："当年我救了它爸爸，是它爸爸驮着我上山下山。为了不让村子里的人知道我的存在，每一次我们都是晚上去县城的。到粮店里偷粮食，到布店里偷衣服，所以这些年县城里有好多关于黑熊偷东西的传说。有几次，我俩还差点被猎人和警察开枪打死。好在我们都是晚上行动，而且也没规律，黑熊跑得快，我的武功也不弱。这么多年，算是有惊无险吧。"

"打从救了小刘，我就不怎么下山了。因为下山越来越危险，到处都有什么摄像机，一不小心就会被盯上。小刘养好伤之后，我才知道这孩子是专业的登山队员。所以，我们就约定每两个星期他来找我，只要他爬到下面的坡下，呼哨一声，山鹰发现了就会告诉我，我就把绳子放下去。"

"哦！原来是这样。"秦杉点点头。

秦海石接着说："每次都是我给他一些银元，他就给我带粮食和衣物。你看，"老人家伸出脚来，"这双旅游鞋就是上个月小刘带来的。"

"那您为什么没有把藏宝图的事儿告诉小刘，让他帮您联系政府？"秦杉问。

秦海石长叹了一口气，"这些年我也试着这么做，但是见财起意的人太多了，他们听说有宝贝，动的心思都是先除掉我，然后自己霸占宝藏，哪里会交给国家！"他摇摇头，"我观察了小刘很长时间，这孩子贪财，贪财的人，我信不过啊。"

秦杉黯然道："您还不知道吧，小刘已经死了，就在前两天出的事。"

"什么？！"老人警觉地站起身来，"他死了？怎么死的？"

秦杉说了那天刘德建坠崖身亡的事儿。秦海石听着，不停地叹气。

秦杉说："看样子，我们又要换一个地方了。"

看老人没有反对，秦杉接着说："您在这儿的事儿恐怕不止一个人知道了，咱们换个地方吧。换个地方，我告诉您我是怎么知道这些的，然后再给您讲讲我这些年的事儿，好不好？"在老爷子面前，六十多岁的秦杉仍然是一副孩子模样。

秦海石笑了，摸摸秦杉的头："好！就听你的，先睡一觉，明早搬家。"

县公安局会议室，一群人围在一起开会。上首仍然坐着公安局长刘刚，右手边是刑警队长李夫雄，左手边是法医、老警察赵全海，两个人身旁是刑警队的其他人和公安局相关科室的人员。和以往不同的是，今天坐在李刚身边还有一个人，这个人是刘刚的领导，分管治安工作的副县长张禹。

看到张县长在场，大家不免都有点紧张。张县长很和蔼地向大家点点头，说："对不起大家，作为咱们县的副县长，我对咱们公安局的工作关心太少了，平常都是辛苦刘刚同志主持工作。今天参加这个会一没指示，二没建议，完全就是来学习的。你们不要管我，就讨论你们的，我是个外行，听着就行了。"大家笑着鼓掌，知道这位张县长性格好，大家都很喜欢他。

"咳，"刘刚咳了一声，示意大家开会，"今天我们还是重点分析一下吴家寨的案子。大雄,还是你来吧。"

李夫雄打开电脑,开始在大屏幕上播放一张张照片,一边放,一边讲。

"过去的一个星期里,吴家寨发生了两起命案。上一次'六指神偷'小六子的盗窃摔死案还没有完结,昨天又发生了刘德建坠崖案。另外,我们对刘德建坠崖的现场进行勘察时也有意外的发现。后来,在卧龙山上,我们更是有惊人的发现。"李夫雄的开场白三言两语,却立马勾起了所有人的注意,连张书记都听得入了神,一双眼睛睁得老大。

"六指神偷摔死的案子和刘德建坠崖的案子看起来都是意外,但我们推测,这两件案子都是另有隐情。这两件案子是不是有关联,策划这两个案子的是否同一个人,现在还不清楚。"

"在报告刘德建坠崖现场的发现之前,我们先来看看李怀鹏的审讯记录。"

李怀鹏讲的话很长,包括了他给刘德建讲过的那一段关于吴家祠堂的房契和文书的故事,也包括他给梧桐讲的那一段在山洞里遇到画室和疑似枪声的故事。在场的警察们和张禹副县长都被深深地震惊了,没有人能想到,在吴家寨这么一个深山老林中的村子里,还隐藏着这么多的秘密。

"李怀鹏所讲的故事,留下了三个比较清晰的线索:一个是刘德建的坠崖现场;另一个是刘德建上山到底是干什么去了;还有一个是吴家寨的地下一定还有不少我们不知道的东西。"

李夫雄目光炯炯地望着在座的诸位,大家屏神静气,等着听李夫雄的下文。

"在刘德建坠崖现场,"李夫雄一边说,一边把照片投到大屏幕上,"我们和救援队都没有搜到刘德建的尸体,我和老赵还借了无人机去潜龙谷搜寻,也是什么也没找到。有可能是坠到崖底了。但这里有一个疑点。据李怀鹏说,刘德建上山的时候背着一个很大的登山用的圆形旅行包。登山包和人一起掉进崖底的可能性是有的,但是登山包被树挂在半路的可能性也很大,按说也应该有从包里散落出的物品,但是这些我们在现场都没有发现。"

李夫雄换了一张照片,大家看了一眼,女警李佳惊呼了一声。李夫雄指着上面的尸体说:"我之所以有上述的想法,也是因为看到了这具尸体。这具尸体离谷底的瘴气还有二十米左右的距离,是挂在树杈上的,尸体的面目已经完全腐烂,无法辨认。但却有一个非常重要的线索……"说着,李夫雄换了一张照片,上面是一只军用大头鞋。

"去年冬天,吴家寨的吴元失踪,这件案子你们谁还记得?"李夫雄看着大家问道。

18
失　踪　案

赵全海举起了手，还有两个警察也举起了手。

赵全海回忆说："你这么一说我倒想起来了。吴元失踪案，从他的家人报案到现在，也快有一年了。当时我们一起去吴元家里做的调查，他老婆说，吴元出门穿的就是这种军用大头鞋，还从柜子里拿出另一双来给我们看……对，就是照片里这种。吴元老婆还说这是吴元的哥哥吴方，哦，就是在军队里那个吴方，早年回来时送给吴元的。在冬天吴元总是穿这种鞋，到处跟人显摆。"

"不错。"李夫雄点头，"吴家寨穿这种鞋的人不多。虽然城里有卖的，但是很贵，一般人买不起。另外，从尸体的腐烂程度看，死亡时间和吴元的失踪时间也大致相符。大家看这具尸体，身高跟吴元也差不多。"

刘刚插嘴道："吴元的家人一直不能相信吴元是走失或是坠崖了。他是这个村子里土生土长的人，从小就在大山里跑，对这里的地形非常熟悉。而且吴元不好酒，也没有什么健康方面的问题。所以，这么一个山里人，到了四五十岁了，突然在家乡走失，或者掉到山崖下……确实有点蹊跷。"

李夫雄说："是的。所以李怀鹏说刘德建坠崖时，他听见了狗叫和厮打的声音，还看到蹿出来两条狗。我们怀疑，吴元可能也遇到了相同的情形。"

"难道说，去年吴元的失踪是另一起谋杀？就像刘德建一样被人，哦，或者是被狗扑下悬崖的？那两只狗是怎么回事，查到了吗？"刘刚问。

李夫雄回答说："吴家寨几乎家家养狗，现在无从调查。两起案件是否有关联，我们目前也只是推测，还不能确定。"

刘刚沉思了一会儿，又问："这些事情，会不会跟上次开会时传言所说的什么宝贝有关？"

张禹正在喝茶，一下子来了精神，放下茶杯："宝贝，什么宝贝啊？"

李夫雄答道："关于这'宝贝'，我们也询问了不少人，李怀鹏的供词里也说到了。让人费解的是，李怀鹏说的是吴家祠堂的房契和文书，而其他人，比如村子里的一些老人，还有刘德建的弟弟刘德生说的就不一样。"

"哦？"刘局长和张县长同时表示诧异。

"村子里的老人说，早年间吴家寨被土匪占据，土匪在卧龙山的山洞里藏了很多金银财宝。那是真正的宝贝，可不是什么老辈子传下来的文件。"

刘刚追问："那刘德生怎么说？"

"刘德生回来之后，主动跟我们谈起刘德建，说这两年刘德建其实经常去吴家寨，有时候带着弟弟，有时候自己去。一个月总是要去一两次，每次去都会带一些东西回来，银元啊，铜钱啊什么的，虽然价值有限，但不是假货，都是实打实的古钱币。"

"哦？"大家更加好奇了，难道吴家寨真有宝贝吗？

"我们一开始并没往这方面想，是有一次，老赵突发奇想跟紫气阁的女老板吴桐借了一个无人机，爬到卧龙山半山腰的一个平台上，用无人机做高空拍摄。然后，我们竟然在海拔3000多米的山上发现了这个！"

李夫雄换了照片，上边是一个模糊的人影，是个小个子，白色的头发垂到腰际。虽然照片很模糊，而且是从树缝里拍到的，但是大家都能分辨清楚，那一定是个能直立行走的人，而不是什么猴子猩猩之类的野生动物。

"那山上还会有人？！"这一下让大家吃惊不小。这么多年，只知道这座大山里有狼，有熊，可是从来没听说过在这么高的山上竟然还会有人，而且这人看上去分明就是个野人！

"这个人是谁我们不知道，但是他显然是长期在野外活动，对周围的地形非常熟悉。虽然没有拍到，不过我们观察到这人身边跟随有一只黑色的动物，疑似被驯化的野兽。据李怀鹏的说法，刘德建的坠崖跟两条狗有很大关系，所以我们怀疑……这个人可能与刘德建的坠崖有关。"李夫雄知道自己的推测有点匪夷所思，所以放慢了语速。

"那你们接下来有什么打算？"刘刚问。

李夫雄说："第一，我们想向搜救队申请援助，把潜龙谷下的尸体带回来，让法医鉴定，确认那到底是否是失踪多日的吴元；第二，我们还打算向省公安厅申请一架直升机，派人去找到这个野人，把他带下山来，跟他了解相关情况。"

刘刚想了想，没有给出具体的意见，挥挥手，"往下，继续说。"

李夫雄说："第三，就是关于李怀鹏所说的地道了。吴家寨的地道，我已经听很多人说过，我甚至还进去过一次，只不过走了没多远，怕迷路就原路返回了。看样子这回要做一个彻底的勘查。"

"不过，"李夫雄停了停，继续说，"我问过村里的老人，他们都说吴家寨的地道非常的复杂而且危险。我也问过李怀鹏他们是从哪里进去的，李怀鹏只能说出大概位置是村子西边，却完全说不出具体的地点。当时是刘德建带着他，他才知道有这么个入口。现在再让他找，他也没信心能找得到。"

"问过刘德生吗？"刘局长问。

"问过。"李夫雄说，"刘德生说他哥哥从来没有带他下过地道，甚至也没有带他上过山，说是怕他遇到危险。"

"我也问过刘德生几次，还到他家去过。他们哥儿俩父母早亡，是刘德建独自把弟弟带大的，对弟弟非常爱护。所以刘德生这句话我是相信的。而且，现在刘德建死了，刘德生很想查明他的死因，如果他真跟哥哥下过地道，我相信他不会故意隐瞒。"赵全海说。

"这个好办。"刘刚说，"我们找几个村里的老人，找到能进入的洞口，让你的人领着，派武警小队下去搜查一次，你看好不好?"

"那当然好。"李夫雄抚掌道,"李怀鹏的口供听得我有点紧张,又是密室又是看守的,别是有什么人在咱们眼皮子底下搞坏事吧,那问题就严重了。这次就查个清楚!"

没想到,说到这里,旁边的张禹张副县长忽然插嘴说:"不妥不妥。"

众人愕然,刘刚问:"张县长,有啥不妥?"

张禹说:"现在吴家寨是我们县乃至我们省著名的模范旅游村,是榜样啊!你这么大张旗鼓地派武警到那里做大规模的搜索,那里住着的上百名旅客就会受到惊吓。这事要是传播出去,会对我们这里的旅游产业产生多大的负面影响,对老百姓的收入会有多大的影响,你们想过吗?警察办案要紧,但是也要有全局意识啊!"

张县长说得郑重,大家都低下头,觉得自己觉悟太低,没想到这一层。刘刚请示道:"那张县长,您看该怎么办呢?"

张县长略加思索,说:"兹事体大呀。我要报告县委。县委一旦有决定,大家就立即行动。"

"是!"李夫雄举起手,做了个敬礼的姿势。

张县长想了想,又说:"我明天先去省厅开个会,大概要开几天。这里的行动先缓一缓,吴元失踪那么久了,山上的野人一时半会儿也跑不了。小刘,你看这样行不行?"

刘刚点头:"好。那我们等待领导下一步的指示。"

张县长的提醒,给下面的侦查工作增加不少难度。本来李夫雄想顺着军用大头鞋的线索,到村里再问一些人,这下子恐怕不好办了。

看大家情绪有点低落,张禹笑了笑站起来,大声说:"这些日子同志们辛苦了!今天晚上我请客,鸿宾楼,怎么样?"

刘刚赶紧拦住,说:"张县长,这可不行,这是违反纪律啊。"

张县长哈哈一笑,声音更大了:"我自己掏腰包,不开发票不报销,犒劳犒劳我们的同志们,不行啊?"

19

袭 击 和 绑 架

第二天早上,在秦海石的指挥下,秦杉收拾好一些基本生活用品,准备搬家。

太阳升起的时候,山鹰在门口怪石上叫了两声,大黑熊不知道从什么地方钻出来,走到秦海石身旁。秦海石熟练地趴到黑熊的背上,两手紧紧抱住黑熊的脖子,启程离开山洞。有意思的是,他们没有往下走,而是往上攀爬。

往上爬了不久,貌似又走到绝路的时候,大黑熊东拐西拐,钻进了一个树洞,秦杉心里暗笑,就知道他老爹这个"老土匪"绝不是个简单人物。

午后,秦杉把老爷子安顿好,就开始下山。俗话说,上山容易下山难,秦杉没走几步就遇到了绝壁。这个时候,黑熊跑了过来,把秦杉背起来,在山里左钻右钻,不到一小时的工夫就接近了半山腰的石台,就是梧桐他们放无人机的那个。黑熊在树林里把秦杉放下,自己摇摇晃晃地走了。

秦杉继续往下走,走了没几步,右脚忽然被绊了一下。他心下警觉,速度却丝毫没有减慢,左脚用力一顿,整个人旋身而起,在高处四下一望,就看到有三个蒙面人冲自己飞扑过来。

"果然有人捣鬼!"秦杉暗自点头,身形甫一落地,右腿已然旋起,带起一阵劲风,猛然踢向扑来的那三个人。那三人应该也是有些功夫,看秦杉这一招旋风踢来得厉害,竟是不敢硬接,纷纷后退。秦杉在这片刻之间已经瞅准了方位,脚下不停,双拳带着风声直击向三人中最慢的那一个。那人有些紧张地挥臂格挡,不曾想秦杉这一招居然是虚招,他身形一晃就绕过这人,脊背贴住后面的一块巨石。这一来,就轻而易举地破了这三人的合围之势,这三人只能正面迎战。

秦杉打量了一下这三人,见他们都是农民打扮,脚底下穿的却是质地上乘的运动鞋,腰间鼓鼓囊囊,显然是带着家伙。

中间的蒙面人先开口:"先生是姓秦吧?"

秦杉嘿嘿一笑:"行不更名坐不改姓,秦杉便是。"

蒙面人拱拱手:"佩服!佩服!我家主人想请秦先生走一趟,还请秦先生赏光。"

秦杉问:"你家主人?谁?"

蒙面人说:"您见到了不就知道了?"

秦杉笑了:"都什么年代了,还是这么陈旧的套路,还主人主人的。我告诉你,我知道你的主人是谁,我也会去见他的。但是现在不行,还不到时候。"

中间的蒙面人嘿嘿狞笑,冲左右一点头,三人同时拔出了腰间的手枪,一起指向秦杉。这蒙面人说:"秦先生,不要敬酒不吃，吃罚酒。"

秦杉掸掸身上，说："跟你说不到时候就是不到时候。请转告你家主人，秦某人知道他是谁，也知道他要什么。等到了时候，我会告诉他他想知道的一切。你们要是现在想杀了我，那就开枪吧。"

三个蒙面人没想到他这么软硬不吃，都是一愣。就在此时，秦杉的右脚猛然扫了过去，上身急转，两手使了个"仙人摘桃"，接着这一踢之势"啪啪啪"地把三人的手枪卸掉，抓到了自己手里。不待这三个蒙面人有何反应，他已经回身攀上了刚才身后的那块巨石，整个人如同炮弹一般向山下弹射而去。眼见落在了一棵大树上，身形一荡，再次弹起，就不见了踪影。

三个蒙面人被他高超的武艺惊呆了，在原地站了半天。

秦杉回到紫气阁的时候，已经是傍晚时分。他又变回了那个迷迷糊糊的"老秦头"，踱着步子经过大堂，回到了304。

掩上门，他从怀里掏出余下的一只手枪——另外两只被他藏在山里了。他熟练地检查了一下子弹匣，看到了里面满满的子弹。他当工人的时候，不但业务做得熟练，而且还是厂里基干民兵的指导员，参加过无数次军训。不管是长枪短枪，他都会打，且打得很好。这也跟他小时候经常跟着爸爸上山打猎有关。

这一次遇袭，让秦杉感觉到了危险，他把手枪藏到枕头底下，以防不测，然后起身下楼去吃晚餐。

大堂里没几个人，无精打采的李怀鹏和他的妻子菲菲坐在桌前。菲菲这几天变得沉默寡言，整天依偎在李怀鹏的身边。律师冯坤定自己坐在另一张桌子旁。打从那天"六指神偷"摔死后，有两个房间的客人相继退房，之后就没有新的客人入住了。

看见秦杉下楼，小美迎了上去，说："秦大爷，下午桐姐还找您呢。"

秦杉心里一动，"啥事儿？"

小美说："不知道。她还说，如果您回来了最好直接去找她，她有要紧的事跟您说。"

"哦。"秦杉答应一声，返身向楼上走。小美赶紧说："您现在别去呀，她这会儿不在。"

"不在？"秦杉询问地看了一眼小美。

小美说："晚饭前她接了个电话就上山去了。"

秦杉皱皱眉头，走到餐桌前坐了下来，再没说话。

晚上十点钟，秦杉听听隔壁，没有动静，就知道梧桐还没回来。他心里有一种不祥的预感，就下楼去找小美。小美有点焦急地说："没看见她回来呀。打电话也没人接，急死人了。以前回来晚，总是会打个电话告诉一声的。"

秦杉想了想，回到房间，从枕头底下拿出手枪插在腰间，下楼出了紫气阁，向卧龙亭奔去。

梧桐现在在哪里呢？在一个山洞里，双手双脚被绑在一个桩子上，嘴里塞着毛巾，头上罩着黑色口袋。她被绑架了。

山洞里点了蜡烛，显然这个山洞里是有人住的。

昨天和邵大齐下山之后，梧桐一直有点魂不守舍，晚上也是一宿没睡好。她原本以为自己在这深山老林，不会遇上什么可心人，没想到不知道从哪儿冒出来一个邵大齐，贫嘴贫舌的，居然让她动心了。一直到了凌晨,她才昏昏睡去,一觉醒来已是将近中午。她胡乱吃了点东西,回到房间想整理一下这几天发生的事情,却怎么也集中不起思绪。

晚饭之前,梧桐接到了一个男人的电话,说有关于房契和文书的消息,想跟她单独谈一下,约她去卧龙亭。

这几天出了几档子事,梧桐心里也有点烦躁。接了电话,她仗着自己对吴家寨地形的熟悉以及自己的自卫能力,就出门上了山。毕竟卧龙亭离紫气阁不过几百米,就算有事,她大声一喊,这边的人都能听得见。

赶到卧龙亭的时候,她看见一个魁梧的男人在亭子中站立。梧桐上前刚要说话,身后却又蹿出来两个人。她眼见不好,没来得及叫出声,就被用毛巾塞上了嘴,架出了亭子。之后大概走了十几二十分钟的样子,梧桐感觉进了山洞,弯弯拐拐又走了很久。再后来,就被绑在了一根柱子上。

嘴里的毛巾被摘了下来,头上的布袋仍然罩着,梧桐眼睛里依稀能看见一点光亮。这个时候,一个男人的声音传来:"吴桐,我们把你带来,你应该知道为什么。"

听不出这个人是谁,梧桐说:"我不知道,你告诉我。"

男人说:"吴家祠堂的房契和文书是不是在你手里?"

梧桐听了,不惊反喜,镇定下来,跟对方周旋:"你怎么知道是在我手里?"

男人说:"都说你家老宅挖出了宝,就是房契和文书,你还想抵赖吗?"

梧桐"哼"了一声:"我不知道,也没听说。"

男人也"哼"了一声:"你不说,就别想出去,在这里整死你也没人知道。交出房契和文书,我们就放了你。"

梧桐沉默了一会儿,忽然说:"好。只要你告诉我你们是谁,我就告诉你房契和文书在哪儿。"

男人没再说话,而是和另外一个人在低声地商量。梧桐在山里长大,从小跟着大人们去打猎,耳朵练得极为灵敏。因为对方声音太低,她不能完全听清对方在说什么,但是她能听出来,另外一个,是女人的声音。

过了一会儿,男人说:"小丫头!还想套我们的话,我看你是找死啊!不让你吃点苦头,你是不见棺材不掉泪!"说着,把手中的鞭子抖得"啪啪"作响。

梧桐平静的声音在山洞里响起,对某个人来说,却不啻是一声惊雷:"杨老师,您就自己来问吧,我知道是你。"

杨老师惊讶地睁大双眼,想不出自己是怎么暴露的。她吩咐男人把梧桐头上的布袋摘了下来。

20
吴 家 长 房

梧桐摇摇头,转转眼睛,让自己尽快适应山洞里的光线。

杨老师还是一身旗袍,优雅地扭着腰肢,搬了个木凳坐在梧桐面前。她看着梧桐的脸,轻柔地说:"咱们吴家的事儿,本不该采取这种方式,可是我没有办法呀。今天你说也得说,不说也得说。把你绑来,我就是豁出去了。"

梧桐歪着头,看着杨老师,忽然笑了:"让我猜猜你是谁吧。嗯……我猜出来了,你是大爷爷家的,是吴方大伯的第二任妻子,对吗?"

杨老师"嗤"地笑了一声,并没有隐瞒:"你猜对了,那又怎样?我们家是长房长孙,不管什么房契什么文书,我们家也应该是第一继承人,那些东西你抓在手里又有什么用?痛快交出来,说不定到时候我们还可以给你留一份儿。"杨老师软硬兼施地说。

梧桐笑笑:"大妈,你绑了我也没用啊,我是真不知道啊。"

杨老师双眼瞪起来，喝道："小丫头！我没时间跟你磨牙。告诉你，这一次回吴家寨，我是带了人来的。房契和文书，我们是志在必得！你今天要么交出来，要么我就折磨你，一直到你说出来为止。来人，给我抽！"

刚才那个粗壮男人高高扬起鞭子，眼看着鞭梢就要从梧桐脸上划过，忽然"啪"的一声，一颗石子流星般射向男人的脸颊。男人"哎呀"一声，翻身倒地，两手痛苦地捂着脸，他一边的腮帮子竟然被打穿了。

杨老师一时愣住，梧桐也是一愣。就在这个时候，黑影里又蹿出两个大汉，手里提着手枪，向刚才石子射来的方向开枪。"啪！"又一颗石子射过来，可惜这一次这俩人都有了防备，躲了开去。这两个男人慢慢向黑暗处逼了过去。杨老师这时也反应过来，手里抓了把刀，冲到梧桐面前，把刀架在梧桐的脖子上，喝道："里面的人给我出来，不出来我就杀了她！"

"嗖！"又一颗石子从相反的方向射出来，正中杨老师的脖子。杨老师身子一软，手里的刀当啷一声掉在地上。这时候，两个男人手里的枪响了，向着山洞的四周疯狂射击。枪声中，一个男人忽然扑地倒下。另一个男人知道不妙，拉起杨老师，对着刚才被打漏腮帮子的男子大喊了一声："对方有家伙，赶紧撤！"那大汉顾不得脸上的伤痛，起身跟着他俩朝山洞深处跑去。身后又响起两声枪响，但是，三个人已经跑远。

在摇曳的烛光中，从不同的方向走出来两个人。走近了，能看到是两个年轻的脸庞。一个是邵大齐，手里端着手枪，手枪的枪筒兀自冒着淡淡的青烟。另一个少年却没有见过，身子壮得像个牛犊子,方头大耳,国字脸,手里抓着一把弹弓。

梧桐先是看见壮实少年,喊了一声:"豹子!"然后又看见邵大齐,愣了,"咦,怎么会是你?"

邵大齐还是那个吊儿郎当的样子,摇摇手里的枪,笑着说:"山人自有妙计。我掐指一算就知道你在这里。哈哈!酷吧?"他学着前两天梧桐向他展示无人机的拍摄照片时得瑟的口气。

梧桐被他的神情逗笑了,却立马喝道:"你们俩,还不赶快给我松开绳子!"

壮实少年去解梧桐的绑绳,邵大齐却奔向那个被打倒在地的男人,先把他手里的枪抓起来,然后朝他屁股上踢了一脚:"别装蒜,起来。"

男人刚才像是晕了过去,被邵大齐一脚踢醒,刚一动,就龇牙咧嘴地叫起来。邵大齐蹲下,看见他的腿在流血。邵大齐冲已经松绑的梧桐和那个叫豹子的少年做了个手势,梧桐伸手去端蜡烛,却听邵大齐喊道:"你猪啊!手机上没手电吗?"

梧桐听他骂人,心里有气,刚想回嘴"你才是猪",发现自己真的是没反应过来,赶紧用还有点麻木的手掏出手机,打开手电筒,送了过去。

那男人中了邵大齐一枪,子弹打在大腿上,基本没伤到骨头。邵大齐说:"打电话叫救护车吧。"刚说完,又否定了自己,"不对,这山洞里也没信号啊。算了,你的伤不重,我先帮你止血。"说完,撕下男人的上衣,把他的大腿绑了起来,动作很是熟练。绑完后,邵大齐叫豹子把这男人绑在了刚才绑梧桐的桩子上。

见他忙活完,梧桐指指壮实少年,对邵大齐道:"大齐,这是我堂弟,叫吴豹。"说着又指指邵大齐,对吴豹说,"豹子,这是我朋友,叫邵大齐。"

这是梧桐第一次称呼邵大齐为"大齐",而且没有说他是她的房客,而是她的朋友,这让邵大齐的心里乐开了花,一时间居然兴奋得脸红起来。还好是在烛光下,看不出来。

吴豹憨憨地点点头说:"谢谢大齐哥,救了我姐姐。"

邵大齐打了个哈哈:"兄弟,你可真够意思,明明是咱俩一起救了你姐啊。"

吴豹又是憨憨一笑:"没想到,大齐哥的弹弓也打得这么好。"

"弹弓?"邵大齐莫名其妙,"我没有弹弓啊。哦,你说刚才那石子儿啊?瞧着!"说着从地上抓起一颗石头,腕子一甩,石子激射出去打在石壁上,"啪"的一声砸得粉碎。吴豹惊得张大了嘴。

"你是警察?"梧桐看着邵大齐手里的枪问。其实她心里已经有了答案,就想听他当面确认一次。

"Yes!"邵大齐用英文回答,"警察一枚,如假包换!"说着,从口袋里掏出警察徽章和工作证,递给他俩看了看。

梧桐笑着说:"没见过你这么贫嘴的警察。"

邵大齐不以为意:"咋地?俺们九零后警察就这样。"

梧桐笑道:"呸吧!88年的,冒充九零后。"

吴豹看这俩人聊得火热,一时间搞不清状况,就插嘴问:"姐,到底咋回事儿啊?"

"咋回事儿？"梧桐反问了一句，说，"咱问问那个人不就知道了？"说着冲着那桩子努了努嘴。

邵大齐吩咐吴豹留意周围的动静，以防刚才逃走的人反扑，然后把杨老师用的那把木凳拉到柱子跟前，示意梧桐坐下。

梧桐坐下，问那男人："说说吧，你们到底是谁？"

男人说："我叫杨大刚，是杨老师的表侄，也是吴司令的老部下。我早就退伍了，现在帮吴司令家干点杂事儿。"

那个人断断续续地，说出来下面的故事。

梧桐没有猜错，这个杨老师正是吴家大爷爷吴茂家的长儿媳，就是十几岁就出外当兵的那个吴方的老婆。但她并不是吴方的原配，因为吴方的原配妻子在和吴方结婚没几年后就生病去世了。这个杨老师，大名杨音若，原本是部队文工团的舞蹈演员，因为长得漂亮，被丧偶的吴方看中了。对杨音若来说，有高枝不去攀才是傻瓜，于是很快跟吴方结婚了。

跟吴方结婚之后，杨音若给吴方生了个大胖小子，起名叫吴征，在部队大院里养尊处优三十多年，过得逍遥自在。吴方在退休之前当过某军分区的司令，所以他的老部下都习惯称他为"吴司令"，于是杨音若也经常打着"司令夫人"的旗号出来指使吴方的老部下替她做事。

杨音若天性虚荣，喜欢追求奢侈的生活，享受被人追捧的感觉。在吴方退休后，他们的生活变得平静了很多，吴方倒是很快适应了，杨音若却渐渐地不平衡起来。她想出国，想去过那种名门贵妇的生活，吴方的退休金哪里能满足得了她！吴方曾经跟她讲过吴家祠堂的故事，她知道在吴家寨还有一笔大财，而吴方又是吴家的长门长孙，自然是第一继承人。以前是"司令夫人"的时候她没动过这笔财产的念头，现在闲下来了，她越想越觉得应该把这笔财产争取过来，然后去国外过奢华的贵妇生活。

她试着把这个念头跟吴方和儿子吴征说了一下，没想到这父子俩都是一样的性子，对钱财很是淡漠。他们还反过来劝杨音若，时隔多年，吴家祠堂的房契和文书早就下落不明，何必为了虚无缥缈的事情这么上心。杨音若被他俩气个半死，决定甩开他们自己查找吴家祠堂的财产。

21
紫 气 东 来 洞

去年杨音若就回过一趟吴家寨,她当时找了吴方的弟弟吴元,也找过吴家二房的吴宣和三房的吴记。没想到这些人都表示不知道房契和文书的下落。杨音若无奈,只好打道回府。

直到不久前,杨音若接到一个奇怪的电话,说吴家的房契和文书在吴家寨出现了,并且说是在紫气阁里挖出来的。于是杨音若就带了表侄杨大刚和他的两个马仔,来到了吴家寨。

吴方是在吴家寨长大的,对这里的地形非常熟悉。杨音若心怀鬼胎,特意跟吴方详细地打听过这里的地形。所以,四个人到了以后,杨音若住到了紫气阁,而其他三人住在另外的民宿酒店。他们花了三天的时间,找到了吴方年轻时候发现并经常在里面玩耍的一个山洞。这个山洞就成了他们的聚会地点。

在过去的一个星期,杨音若负责盯着梧桐的动静,其他三人开始在可能的地方寻找房契和文书。有一次,在探查吴家老宅的时候,他们还差点跟那里的"吴家寨民宿旅游服务集团"的保安打起来。杨音若之所以对梧桐的无人机航拍的全景图那么有兴趣,也是想通过航拍图来帮助自己寻宝。

可惜的是,这些天寻找一无所获。打电话的人也告诉了他们那十六字诀,可惜杨老师这个作家是个冒牌货,她连初中都没念完就进了文工团,所以对那十六个字是一头雾水。好在那个打电话的人暗示了一下,杨老师又请教了高人,猜出来"东坡丙辰"的答案应该是"中秋"。因为苏东坡有一首著名的"明月几时有,把酒问青天"词的名字就是"水调歌头·丙辰中秋"。所以"东坡丙辰"大概是指中秋节,后面的三句,目前还不知道是啥意思。

数了数日子,离中秋节倒是没几天了。杨音若心里想,就算是等到中秋节,也未必能出现奇迹,就目前的情况来看,最可能知道答案的就是梧桐。那么最简单得到答案的方法,自然是逼梧桐自己说出来。于是就导演了这么一出绑架的把戏。

"表姐前些天找到我,对我没有隐瞒,把这些事儿都说了。所以我就找了个小弟,跟着她来这儿寻宝了。"杨大刚说。

梧桐、吴豹、邵大齐三人听了杨大刚的叙述,你看看我,我看看你,一时不知道该说什么。杨大刚又说:"要是我的腿伤像刚才这位先生说的那样,并不严重的话,我请求你们不要送我去医院,也不要报警。我自己走,离开这儿,再不趟这种浑水了。我也是有家有业有孩子的啊。"说着就要哭出来。

邵大齐接口道:"兄弟,我是警察呀,不送医院不报警,你是让我犯错误吗?"杨大刚心里也明白想走是不可能了,于是哭声小了一点。邵大齐接着劝他,"再说一次,你的伤不要紧,不要担心。你跟我们在一起也很安全,只要你配合警方的调查,就能从轻发落。你先跟我们走,我叫我的同事们来接你去公安局。"

梧桐立刻说:"不能去紫气阁。现在太多人盯着紫气阁了,那里不安全。"

吴豹说:"既然邵大哥是警察,那咱们就带着他们去紫气东来洞好了。那里安全,可以在那里等邵大哥的同事来。"

"紫气东来洞?那是什么地方?"邵大齐好奇地问。

梧桐一笑:"到了就告诉你。"

邵大齐烧鸡窝脖,一时语塞。梧桐对吴豹说:"咱要先出去才行啊。对了,你们是怎么进来的?"梧桐到现在才想起这个问题。

吴豹还没说话,邵大齐抢着说:"到了就告诉你。"

梧桐一翻白眼儿:"一个大男人,这么小心眼儿。哼!"

吴豹则说:"不用出去,这个洞能通到紫气东来洞的。"

邵大齐惊讶道:"真的啊?你怎么知道?"

吴豹笑笑,说:"去年我爸失踪以后,我就把吴家寨下面的山洞地道找了个遍,我姐知道的。"

梧桐点点头:"嗯。这个洞我可没来过。"

三个人一边说,一边把杨大刚解下来,为了安全,仍然用毛巾堵住了他的嘴。邵大齐从腰里掏出一副手铐,铐住杨大刚的双手,扶着他走在最后。吴豹在前面打开手机上的手电筒带路。他们在山洞里七上八下,左转右转,有的地方要侧身挤过,有的地方要趴下来爬过,有些地方明明到了死胡同,却莫名其妙地在地下出现一个洞口。就这样走走停停,停停走走,直到把梧桐和邵大齐两个转了个七荤八素，走了差不多一个小时，才听吴豹说："到了。"

进了山洞，邵大齐上上下下前前后后打量，发现这个山洞跟刚才的那一个差不多大，但是地面明显要平整得多。洞里桌子椅子齐全，而最让邵大齐惊讶的，是这个洞里居然有电灯！

吴豹笑着解释说："邵大哥，这个山洞和紫气阁、东来阁是通着的。"

邵大齐这才恍然："我说嘛。一听名字就知道跟它们有关。这太好了，我正发愁怎么悄悄地把这家伙整到公安局呢。豹子你看着他，梧桐带我上去打个电话。"

吴豹答应一声，找到绳子把杨大刚绑了起来。梧桐带着邵大齐从另一个洞口沿阶梯向上，虽然隔几十米就有电灯，山洞里仍然很是昏暗。邵大齐怕梧桐看不清路，把胳膊放在她身侧，虚挡住她，以免她摔倒。梧桐静静地跟着他走了一会儿，终于鼓足了勇气，悄悄地伸出手，握住了他的手。

邵大齐愣了一下，也回握住她的手。两人都能感觉到对方的手心发烫，虽然他们没有说话，却又像已经说过了千言万语，不知不觉中，两颗年轻的心离得更近了。

就这样往上爬了五十多个台阶，梧桐在前面推开一块厚厚的木板，邵大齐跟在她后面爬出来打量了一下，才发现这里是紫气阁的储藏室，就是一楼靠西北角的那个房间。

邵大齐看了看手机，信号满格。再看看时间，已经是午夜。

他想了想，对梧桐说："我在这儿联系同事们就好，咱们别出去了，别惊动了其他人。哦对，你知道紫气东来洞还有其他出口吗？"

梧桐说知道，然后给他描述了一番。邵大齐并没有打电话，而是写了一个长长的短信，写完发出后，又拨了个号码，听着电话通了，立即挂上。之后他盯着手机屏幕，没几秒就收到了一个短信，写着："收到，立即行动。"他这才回头对梧桐说："好了，我们可以回去了。"

两个人顺原路向下，这回是邵大齐在前，梧桐在后。走了没几步，后面梧桐脚下一滑，整个身子不由地向下扑来，邵大齐反应敏捷，立刻靠住身后的墙壁，双手张开，正好抱住了梧桐。

梧桐一时站不稳脚，只能回手抱住邵大齐。邵大齐不敢出声，怕惊动了上边的住客，两只手也不敢松，怕梧桐再摔下去。就这样，两个人相拥片刻，等到梧桐缓过神儿来，立刻满脸通红，要挣开邵大齐的怀抱，却发现在昏暗的光线下，邵大齐的两只眼睛火一样盯着自己，就像那天在卧龙山的小平台上两个人第一次对视时一般。她不由得更加害羞，心里像有只乱撞的小鹿，一时间不知所措。

邵大齐本来就对梧桐很有好感，现在两个人单独相处，一时间情难自已。但是他很快觉察到了梧桐的羞涩，怕自己的热情让她不安，扶梧桐站稳后，立马收回了手。

梧桐却主动握住了他的手，轻声说："走吧。"

两个人心里都有点甜蜜，又都有些不好意思，就这么拉着手回到山洞。梧桐叫吴豹解开杨大刚，四个人向通道的另一个出口走去。大约走出了一里地，他们才从一个洞口钻出来。邵大齐还想往前走，被梧桐一把拽住。邵大齐不明所以，往前方一看，不由吓得打了个激灵。原来前面不到五步的地方，便是一个断崖，下面黑黢黢的，不知道有多深。

吴豹打开手电，四个人脊背紧贴着山壁向下又走了两百米，就到了凤饮河边。一座小桥跨在河上，桥对面就是进山的柏油路。四个人在桥头停下来等待，大约十几分钟后，一辆警用大吉普呼啸而来，车大灯照见路边的四个人，登时刹住了车。开车的警察跳了下来，梧桐和吴豹都没见过，邵大齐却是认得，这正是县公安局局长刘刚。

车上还有三人，两个是持枪的武警，一个是穿着白衣的医生。邵大齐跟刘刚交代了几句，把杨大刚送上车，之后两个人又小声嘀咕了很久，吉普车才掉头而去。齐、桐、豹三人顺原路返回紫气东来洞。

22
林 氏 集 团

回到洞里，三人各自拉把椅子坐下，吴豹迫不及待地问出了刚才想了好久也没有想出答案的问题："警察同志，你是怎么知道我姐被绑架的呀？"

邵大齐"嘿嘿"一笑，没有再贫嘴，回答道："因为我一直在跟着她呀。"

梧桐听了大惊："什么？你跟踪我？为什么？"

邵大齐又贫嘴道："也没有整天跟踪好不好？就是偶尔跟一回呗。"

梧桐忽然想起来："那，那天在卧龙亭，是你故意遇到我，然后和我一起上山的？"

邵大齐连个磕都没打，痛痛快快地承认道："是啊！"

梧桐忽然无语，她想问"为什么"，但是话到嘴边又咽了回去，因为她知道他的回答是什么。

果然，邵大齐反问："你都不问我为什么吗？"

梧桐白了他一眼："才不呢。你没好话。"

邵大齐大笑起来，看见梧桐竖起中指放在鼻子尖儿上，嘴里"嘘"出声来，才赶紧收住了笑声。

吴豹看着他俩的样子，心里难免有点吃醋，板起脸来，继续问："警察同志，你为什么要跟踪我姐？"

邵大齐认真地回答说："我说，你别叫我警察同志好不好？我又不是没名。我叫邵大齐，大小的大，整齐的齐。你叫我大齐也行，老邵也行。很高兴认识你。"

吴豹和梧桐都被邵大齐逗笑了，梧桐嘟囔着："刚才还装九零后呢，这会儿又老邵了。"

吴豹伸手和邵大齐握了握，说："哦，那好。我叫吴豹，也很高兴认识你。那，大齐哥，你快告诉我，你为什么会跟踪我姐？"

邵大齐一笑："你也没告诉我你是怎么发现梧桐被绑的呀。"

吴豹一扬头："她是我姐啊！现在这么多人都盯着紫气阁，想抢什么宝贝，我当然也留心她的安全。"

邵大齐点点头，说："哦，那你实话告诉我，之前那个打算在夜里去你姐房间盗窃的'六指神偷'，也是被你的弹弓打下来摔死的吧？"

吴豹和梧桐一起愣住了。过了好一阵，吴豹才点点头："没错！那天我看到他带着刀，在爬我姐的窗户，情急之下就拿弹弓把他打下来了。我没想到他会摔死，也怕警察把我带走之后我姐一个人会有危险，所以没去自首。"

梧桐眼圈红了："豹子，你……"

邵大齐探身拍了拍吴豹的肩膀："你不要担心。小六子是惯犯，那天又是带着凶器夜闯民宅，你是要保护你姐，所以阻止他，属于正当防卫。等这边事情了结，我会陪你去公安局说明情况的。"

吴豹看着他，点了点头。

邵大齐看看他又看看梧桐，建议说："咱们三个好像都有不少秘密啊，也别藏着掖着了，一个个说好不好？谁先来？锤子剪刀布？"

吴豹性格爽直，摇摇手说："不用。我先说吧。"

我先详细说一下那天小六子摔下来的经过吧。

当时我正坐在东来阁的301房间。虽然我对外说东来阁在停业装修，但我姐的紫气阁那天来了不少客人，我知道他们之中有不少人都是心怀鬼胎，所以晚上不敢睡觉，就待在店里，一直关注紫气阁这边的动静。你知道的，紫气阁和东来阁离得很近，东来阁的301在三楼，朝东朝北，正好在我姐住的紫气阁305房间的对面。

紫气阁和东来阁之间的距离不过五十米，我的房间正对着我姐的房间，我俩开窗就能聊天，但这些天以来，我们没有这样做，而是在刻意保持距离。这是因为，我们都守着一个谜团，这个谜团关系着我们的三位亲人，即我姐的父母，吴宣和马新花，以及我的父亲，吴元。

邵大齐看看梧桐，眼里露出惊奇。

梧桐轻轻地叹了口气,说:"我来跟你讲讲我们吴家人的关系吧。"

梧桐找了跟树枝,一边讲一边在地上画着,邵大齐这才完全搞明白吴家后人之间的关系。

吴家老哥仨是吴茂、吴盛和吴丰。吴家老大吴茂下面是两个儿子,吴方和吴元。吴元是吴豹的父亲,去年失踪了,至今没找到他的下落。老二吴盛下面是吴宣,即梧桐的父亲,死于车祸。老三家是两个闺女一个儿子,俩闺女分别是吴胜兰和吴胜梅,一个儿子就是村支书吴记。吴胜兰已经去世了,留下一个儿子,就是现在和妻子菲菲一起住在紫气阁的李怀鹏。

吴豹比梧桐小一岁,是梧桐从小的玩伴儿。梧桐小时候性格比较像男孩子,整天带着这个弟弟到处野,他们最大的乐趣就是探险,满山找密道,钻山洞。虽然是独生子女,但是村里的孩子远没有城里的孩子娇气,大人们不去约束他们,由着他们漫山遍野地跑。到梧桐去北京上大学之前,两个孩子瞒着大人,把吴家寨下边的山洞和各种暗道都玩了个遍。

那个时候吴家寨还没有民宿酒店,梧桐家的老宅,就在现在紫气阁的位置,西边五十米的东来阁也一样,最早也是吴豹家的老宅。小时候两个人就发现了下边的山洞,但是那时候山洞并没有通往紫气阁和东来阁的通道。

吴豹高中毕业后就回乡了,跟着爸爸吴元上山打打猎,种些果树,秋天到山下去卖卖核桃、栗子什么的度日。

后来吴家寨兴起了搞"农家乐"旅游,村子里有临街房的人家都在做餐饮、住宿类的生意。那时候公路还没修好,从县城到这儿都是土路,一下雨就没法走,所以吴家寨的旅游生意时好时坏。从那时候起,吴豹就很少上山了,基本上都是在家照看"农家乐"的生意,上网招揽招揽客人什么的,收入也还不错。直到前几年,林玉坤带着一拨人,在县委领导的陪同下,相中了吴家寨,要在这里大规模地做民宿酒店,于是成立了"吴家寨旅游公司",铺了柏油公路,大张旗鼓地搞了起来。梧桐家的宅子和吴元家的宅子是最早被选定改造的一批。据说当时被选上的原因是这两家离出山口最近。

民宿酒店的生意一开始一般,后来就越来越火,营业额直线上升。尤其是紫气、东来两家,因为占着地利,生意更是好得不行,就算在寒冷的冬天也照样顾客盈门。日子越来越红火,两家都干劲十足,谁知道乐极生悲,去年的时候,两家的主人先后出事。

先是吴豹的爸爸吴元失踪,没多久,梧桐的父母在县城遭遇车祸,双双身亡。当时村子里还有传言,说这两家宅子的风水不好,克死主人。也正是因为父母双亡,梧桐才辞去了北京的工作,回来接管了紫气阁。

说起来,吴家寨搞民宿酒店旅游,有两个人居功至伟。一个人是村支书吴记,吴豹和梧桐的本家叔叔;另一个,当然就是吴家寨旅游公司的创始人、董事长兼总经理林玉坤了。

吴家寨的村民对吴记的评价普遍不低,对林玉坤,更是感恩戴德。为什么呢?因为人家讲理,人家大方。

比如吴家寨的民俗酒店,大部分都是林玉坤的旅游公司帮忙设计、建造的。旅游公司承担拆房子和盖房子的所有费用，连装修费也由他们承担。包括开酒店的一应物品，比如客房的家具、被褥之类，都是旅游公司承担的。这么说吧，村民们只需要出一片宅基地，酒店就落成了。

那么，这些民宿酒店由谁来经营呢？根据吴家寨村与旅游公司的协议，谁是原宅的主人，谁就来经营这家的民宿酒店。十年之内，公司只收营业利润的三成。注意了，是利润的三成而不是营业额的三成，如果没有利润，旅游公司分文不取。而且，十年之后，协议终止，民宿酒店完全归宅子的主人所有。有这种条款，村民们哪能不感谢旅游公司呢？

不但如此，旅游公司搬到吴家祠堂之后，在村西侧的山坡上整理出来好大一块地，把原来在祠堂里的小学搬了过去。这一来小学不仅面积增加了，孩子们有了更大的活动空间，而且还享受到了更现代化的教学设备。这些都是旅游公司免费赞助的，是他们为村民做的公益事业。吴家寨小学成了村里的骄傲，引得县里省里的领导都来参观过。

吴家祠堂的老房子也被旅游公司彻底地翻新了一遍，里面分门别类，井井有条，很有先进大公司的风范。公司设有市场部，专门负责民宿酒店的宣传；有服务部，专门负责客人的投诉，还会协调店家解决客人的问题；还有工程部，负责上门维修各个民宿酒店坏掉的设备。旅游公司的员工有几十人，他们的宿舍也设在吴家祠堂，管理很是严格，每天都有跑步、做操、礼仪举止的培训，特别规范。员工们不能跟村民随便来往，以免造成纠纷。员工们自己的亲戚朋友来到吴家寨住店，也是要按规定交费，没有折扣,也不能欠款。这些提高了吴家寨的村民们对旅游公司的好感度。

　　从旅游公司入驻吴家寨,短短几年的工夫,村民们的收入大大增加了。家里开着民俗酒店的,几乎都买上了汽车,像紫气阁和东来阁这种经营得比较好的,家里的车甚至不止一辆。没有开酒店的村民也都跟着沾了光,山上的山果、猎物成了他们赚钱的产品,卖给游客们,也获利不少。还有些心眼活的村民,承包了一些山林搞采摘,卖木材,也都发家致富了。这一切都归功于党的政策好,也归功于吴家寨旅游公司,归功于那个菩萨一样的林老板,归功于慧眼识珠,把公司引进来的村支书吴记。

23

梧 桐 的 布 局

说到这儿,邵大齐忽然插嘴问:"那你俩见过林玉坤吗?"

两个人都点头,吴豹说:"当然见过啊。那可是大老板。据说人家在北京还有更大的买卖呢。"

"哦?"邵大齐十分感兴趣地问,"什么买卖呀?"

吴豹摇头:"这我就不知道了。"

邵大齐又问梧桐:"你知道吗?"

梧桐也摇头:"我也不知道。但他坐的是豪华轿车,戴的是一百多万元的名表,出入都有保镖随从,他们集团院子里还停着一架直升机呢。这肯定是做大生意的,不然哪来这么多钱。"

"好吧。"邵大齐没再追问。

吴豹说:"别看那么大的买卖,人家林总可是从来不摆架子。每次到店里来也从来不白吃白喝,还经常指导我们怎么样把酒店经营得更好。"

邵大齐转向梧桐:"你对这个林总有什么印象?"

梧桐歪头想想,说:"长相温文尔雅,做事很有魄力,待人谦逊和气,处事果断利落。"

邵大齐笑起来:"哇,你对他评价很高啊,快赶上我了吧?"

梧桐脸红起来:"讨厌!你说什么呢?"

吴豹没有在意邵大齐为什么对林玉坤那么感兴趣,接着讲起了吴家寨的故事。

紫气阁和东来阁刚开张的时候分别是由吴豹的父亲吴元和梧桐的父亲吴宣打理。两个猎人出身的山里人对酒店运营这种事儿可以说是一窍不通,好在有前几年干农家乐的经验,又经过旅游公司的培训和指导,两个人慢慢地上了手,后来就把酒店整得井井有条,生意红红火火。

天有不测风云,人有旦夕祸福。去年的秋天,在梧桐和吴豹的记忆里是一个伤心的季节。先是吴豹的父亲吴元莫名失踪,两个星期之后,梧桐的父母又在车祸中丧生。

在村支书、本家叔叔吴记的帮助下,吴元失踪的事报告到了公安局,村子里也派人到处寻找,但是始终没有找到吴元的下落。也是在吴记的帮助下,梧桐从北京回到吴家寨,料理完了父母的丧事,接管了紫气阁。

对于父亲的失踪,吴豹始终觉得有蹊跷。他的理由是:第一,父亲是吴家寨猎户出身,这里的山山水水、沟沟坎坎他都非常清楚,掉山涧这种事儿不太可能发生在他身上,被野兽袭击致死,对一个老猎人来说可能性也很小。第二,虽然家里有车,但是那天父亲并没有开车出门,如果要离开吴家寨,他一定会跟家里说一声。所以他不会离开吴家寨。因此，吴豹怀疑父亲有可能是被人害了。因为什么而遇害，吴豹不知道，难道是因为东来阁生意火，引起了别人的嫉妒？即使是这样，也不至于杀人吧？他们家在吴家寨待了好几辈子了，街坊邻居不太像这样的坏人。

而且吴家人算得上是书香世家，祖上传下来有读书的传统，所以大多数吴家人都知书达礼，在村子里跟街坊邻居相处得很是融洽。像吴元、吴宣他们在村里都没有仇人，甚至没有跟谁红过脸吵过架。

因此，吴豹就一根筋地认为父亲不可能平白失踪，他要么是被人抓走，要是是被人害了。在梧桐回村之后，吴豹就拉着她到处寻找。他们在山上找遍了又去地下找，把小时候玩过的山洞一个一个都查遍，包括那些因为有安全隐患而被政府堵上的各个地道，也没有发现什么踪迹。

大概在半年前的时候，梧桐接到了一个奇怪的电话，对方告诉了她神秘的"十六字诀"，还说她父母其实是被蓄意谋杀的，原因跟吴家祠堂有关。梧桐接到电话，犹如五雷轰顶。冷静下来后，她决定跟最信任的弟弟吴豹商量要怎么办。

吴豹听到这个消息，立即联想到自己下落不明的父亲。两个人讨论很久后，都认为吴元的失踪和吴宣夫妇的死亡不是意外，而是一场阴谋。这些都跟吴家祠堂有关。也就是说，老一辈子传下来的关于吴家祠堂的房契和文书的事，现在又要被翻出来兴风作浪了。

与吴豹商议完毕，梧桐跑去县交通大队，调出父母车祸的档案。在村支书吴记的帮助下，县交通队非常配合，把当时的情况给梧桐看了。

档案记录得非常简单,那一天在县城的菜市场,买完菜的吴宣夫妇在回停车场的路上被运送蔬菜的一辆大卡车撞死。事故发生时间是晚上7点多,天刚擦黑的时候。肇事司机说是因为天晚了,着急回家,车速快了些,看见吴宣夫妇的时候立即踩了刹车,但是因为车速快,又超重,所以车子前冲距离长,就把吴宣夫妇撞死了。

肇事司机向二牛因此被捕,还被判了一年徒刑。梧桐想去找这个向二牛,无奈县交通局说不知道这个人关押在哪里。回到村里,梧桐请叔叔吴记帮忙找县公安局查一查向二牛的下落,去了解一下当时的情况,却被吴记批评了一顿。他说:"你找交通局我帮你了,档案也给你看了,你还要找公安局?你这是不相信人家公安局,不相信法院吗?这事儿不能再帮你了,再帮你就是违反原则了。"

梧桐无奈,只好作罢。但是那个电话里的声音却始终围绕在她耳边。有一点她可以确定,如果事情真如电话中的人所说,那么这件事就一定跟房契和文书的事有关。如果跟房契和文书有关,那么搅在局中的就一定是吴家人。但是梧桐和吴豹不敢肯定这事背后的人只有吴家人,因为吴家的后人,除了他们俩之外,还有在外的吴方父子,在村里的吴记,和他那在外上大学的儿子吴鑫,以及那个叫吴胜梅的姑姑。

梧桐和吴豹决心要制订一个计划,让所有跟房契和文书相关的人都聚到吴家寨,不管他到底是不是吴家的人。

与此同时,梧桐下了些功夫研究那十六字诀。梧桐知道爷爷吴盛曾经当过语文老师,对中国古诗词很是精通,所以,她留心在古诗词中寻找答案。很快,她就琢磨出了这十六个字的含义。

第一句"东坡丙辰",正如指点杨音若的那位高人所说,指的是"中秋"。而第二句"诸葛子云",就和刘禹锡的《陋室铭》有关了。《陋室铭》中有一句"南阳诸葛庐,西蜀子云亭",而诸葛亮在《三国演义》中的名号是"卧龙",吴家寨有卧龙山和卧龙亭,跟后面的"子云亭"结合来看,这个位置指向卧龙亭的可能性更大些。第三句的"玉溪画楼","玉溪"指的是唐朝大诗人李商隐,因为李商隐字义山,号玉溪生。他还有一首诗无题七律诗,是这样写的:

> 昨夜星辰昨夜风,画楼西畔桂堂东。
> 身无彩凤双飞翼,心有灵犀一点通。
> 隔座送钩春酒暖,分曹射覆蜡灯红。
> 嗟余听鼓应官去,走马兰台类转蓬。

根据第一句,"画楼"后面跟的是"西畔";而最后一句"易安沉沉"中的"易安"指的是宋朝大词人李清照,她号"易安居士",有一首词叫作《浣溪沙·小院闲窗春色深》,是这样写的:

> 小院闲窗春已深,
> 重帘未卷影沉沉。
> 倚楼无语理瑶琴。

远岫出云催薄暮，

细风吹雨弄轻阴。

梨花欲谢恐难禁。

　　其中有一句"重帘未卷影沉沉"，所以"易安沉沉"指的是"影"，影子。

　　因此，这十六个字综合起来的意思就是："中秋那天，卧龙亭西边的影子。"

　　"Oh my God！"听到这里，邵大齐以手抚额，感叹道，"竟然这么复杂！"又冲梧桐比了比大拇指，"你真棒！"

　　梧桐笑起来，有点得意，"我从小就喜欢古代诗词，这点小谜题还难不倒我。"

　　破译了十六字口诀后，梧桐和吴豹很快就制订出一个计划，那就是散播一个谣言出去，说在紫气阁拆旧宅子的时候挖出了宝贝，跟吴家祠堂的房契和文书有关。然后再专门给相关的人打电话，说一下这十六字诀，必要的时候可以透露一点真实信息，让谣言看起来像真的一样。

　　现如今这传播渠道方便先进，吴家祠堂的"宝贝"和十六字诀很快就传达给了每一个他们想约来的人。谣言的好处就是不确定性，对吴家祠堂感兴趣的，听的是后面的一段；对吴家祠堂不了解的，听的是"宝贝"，所以谣言传来传去，变出了更多版本。"六指神偷"小六子，就是被"宝贝"二字吸引来，想要行窃的。

现在距中秋节还有两个星期。早在一星期前，梧桐就以整修为名把紫气阁关张一周，目的有二：一是等待中秋节上门的"相关人士"；二是利用这一周把紫气阁的每一间客房都装上了摄像头。

邵大齐摇摇头说："你这可是违法的啊。"

梧桐说："我知道。可我想要查清父母的死因，这是我能想出来的最可行的办法了。"

邵大齐叹了口气，问："那你装的那些摄像头拍到什么了？你查出来什么了吗？"

其实还真没拍到什么。在房间里讨论"宝贝"的只有李怀鹏夫妇、刘德建哥俩和杨音若，老秦头秦杉和那个冯律师压根儿没提过这事。但即便如此，梧桐也觉收获不小。

24
再 回 吴 家 寨

从得知自己父母可能是被人谋害那一天起,梧桐和吴豹就决定把紫气阁、东来阁和紫气东来洞打通。为了尽量保密,他俩没有雇用本地的民工,而是请了外面的工人来干活,干完了给了钱就送他们走了。同时,两个人也意识到自己恐怕也面临险境,尤其是梧桐,所以吴豹就担负起保护梧桐安全的重任。

听到这里,邵大齐又"哦"了一声,对吴豹说:"所以你在深夜也能发现爬楼的六指神偷。"

吴豹和梧桐同时对邵大齐伸出了大拇指。

邵大齐又问梧桐:"你是怎么猜出来杨老师就是吴方的老婆的?"

梧桐回答说:"这个也不难。他们每个人入住的时候都会登记身份证,而身份证很难造假。我对照杨音若身份证上的地址,在谷歌地图和百度地图上搜索了一下,发现那个地址在地图上没有显示。这种情况大部分是因为那一块是军事单位。结合她进来之后多次跟小美问起宝贝的事情,还有那一天你来的时候跟你抢航拍地图,很明显这个人是和吴家有关的。和吴家有关的,住址又在军事单位,那就只能是吴方大伯家了。他娶第二个老婆这事儿家里人都知道。这么一想,不就出来了?"

这回又轮到邵大齐伸大拇指了。他由衷地感叹道:"聪明!"

梧桐想了想,又说:"其实我也隐隐约约猜到,当初给我打电话的那个人是谁了。"

"哦?"吴豹惊讶地叫了一声。因为在这件事里,打电话的神秘人是个关键。

邵大齐的反应却甚是诡异,他忽然转身向后,说了声:"我觉得这个人已经来了。出来吧,朋友。"

在梧桐和吴豹惊得睁大眼睛的同时,一个瘦小的老头从阴影中走了出来,不是秦杉又是谁?

秦杉一边走过来,一边拍着巴掌,喝彩道:"好好好!小姑娘,老头子没看错你!"

梧桐也拍着巴掌:"秦大叔,我猜的就是您,我没说错吧?"

秦杉连连点头:"没错没错,就是我就是我。呵呵。"转身对邵大齐说,"警察同志,您早就知道我来了吧?"

邵大齐呵呵一笑:"您刚到这儿的时候我就知道啦。"

秦杉赞道:"好功夫!那你不怕我听了你们的秘密?"

邵大齐笑道:"没事儿。反正您也跑不了。"

"哦?"秦杉惊讶道,"你有把握能留下我?"

邵大齐道:"我觉得有。不信,咱试试?"

秦杉哈哈一笑，竖起大拇指："小伙子，真有你的。你来这里是来办这件案子的吗？"

邵大齐听了，一愣："哦，就算是吧。"

桐、豹、杉三人的眼神投来一个问号："就算是？"

邵大齐一摆手道："本来不是，不过现在算是让我赶上了，就跟你们一起干吧。"

对于警察的任务，大家不好多问。既然这个警察答应一起干，那当然是再好不过。

梧桐问秦杉："秦大叔，您是怎么找到这儿的？"

秦杉道："晚饭之前我就回来了，小美说你接了电话出了门，我等到十点还没听见你的动静，心里就觉得不好。我先是上后山找了你一圈儿没找到，然后就在周围转悠。半夜的时候看到有警车来，就赶了过去，看到你们在跟警察交人。后来我就跟着你们到这儿来啦。"

梧桐见他担心自己，心里很感动，正要说话，旁边的邵大齐忽然一动，警惕地说："你腰里那是什么？你身上有枪？"

秦杉赞道："警察同志眼神真不错。"他从腰里拔出手枪放在桌子上，叹了口气说，"我今天也差点死在卧龙山上啊，这是我抢来的枪。不过，我不需要这玩意儿，警察同志，你拿去吧。"

邵大齐有点郁闷地说："又来啦。您别一直叫我'警察同志'好不好，就叫我大齐行不行？对了，您刚才说在山上差点死了，这是怎么回事儿？"

梧桐给秦杉端来一杯水，秦杉坐下喝了，捋捋胡须："听我慢慢说。"

秦杉从当年剿匪说起，说到"文化大革命"，说到父亲的逃跑，说到吴盛的遗嘱，说到当年重回吴家寨，再说到跟踪梧桐和邵大齐，在山顶上发现了"野人"老父亲，回来路上遇袭等，一点都没有隐瞒。

梧桐等人听得目瞪口呆。

去年，在吴元失踪前，秦杉又回了吴家寨。

这一次回到吴家寨的秦杉仍然没有声张，无论如何，他不愿意让任何人联想起"文革"时期的那一场血案。因此，他悄悄地找到了吴家帧。幸运的是，吴家帧老人已经八十多岁，仍然身体健壮。秦杉就住在吴家帧的家里，深居简出，寨子里很少人知道他的存在。闲谈之中，吴家帧把吴家祠堂的故事跟秦杉讲了。秦杉隐隐约约地感觉到，当年二爷爷留下的那几句话可能跟这个吴家祠堂有关。

这个时候的吴家寨已经今非昔比，不再是一个又穷又破的山村。经过吴家寨民宿旅游服务集团和政府几年来的努力，这里既保留了原本的山村风情，又体现出现代社会的舒适和整洁。吴家祠堂被修饰一新，远远看去，红墙绿瓦，高低错落，正厅雄伟，偏房雅致，整个建筑群大气典雅。村中的一栋栋民宿酒店，或者是小楼，或者是小院，都是整齐干净，独具个性，不落俗套。山坡上的无线通信基站塔和屋顶上的天线，通进村里的柏油公路和村中用石块或者石子铺成的小径，四通八达。村里还保存了一些老旧的房屋，不过丝毫没有破败之感，而是为村子增添了一抹沧桑，更添风情。

秦杉这次来，有三个目的：第一，搞清楚这个林玉坤的来历，如果与林发培无关也还罢了，如果有关，要从他身上解开当年的秘密。第二，把吴盛临死前说的话转给他的儿子吴宣。不管这十六个字到底是什么意思，这都是吴盛的遗愿，也是吴家的事，话带到了，就算完成任务。至于怎样报答吴盛当年的恩情，只能看机会了。第三，寻找自己的父亲。就算是希望渺茫，就算是见不到人，也要打听到他的尸首下落。

对于林玉坤的调查让秦杉颇感意料。因为在这个村子里，老老少少都认为林玉坤是个天大的好人。吴家寨能有今天，是林玉坤这个大恩人带来的。驻扎在吴家祠堂后院里面的"吴家寨民宿旅游服务集团"总部，跟其他的公司也没什么两样，秦杉借故去过几次，只是看见工作人员忙前忙后，没发现什么异常。他晚上还潜入进去打探动静，里面只有一个保安在巡逻，看起来也没什么异常。秦杉找到了两个在北京的徒弟，托他们打听林玉坤的来路。几个星期后，徒弟们传来消息，说林玉坤在北京城有挺大的产业，是一个房地产公司的老总，有两个小区就是林玉坤的公司开发的。网上也能查到林玉坤的简介，说他是在北京上的小学、中学和大学，大学毕业后去了英国，在英国读的是酒店管理专业，回国之后一开始在一个房地产公司打工，后来娶了老板的女儿，然后事业就越做越大，现在是房产大亨。秦杉让徒弟们打听一下林玉坤的父亲，传来的消息是林玉坤幼年丧父，他父亲在他出生的那一年就死了。据说他父亲曾在一家工厂的革委会担任职务，但那家工厂早就倒闭关门了，没有人知道有关他父亲的确切消息。

秦杉很是失望，再看林玉坤的时候，也没有像一开始那样觉得他和林发培哪儿相像了。秦杉觉得自己可能是走火入魔，就把这件事先放到一边，然后就想起了第二件事。

秦杉和吴宣是小时候的玩伴，两个人之间原本很熟悉，但是这么多年过去，走在街上他们也认不出对方了。秦杉属于那种做事认真，喜欢一件一件去做的人，所以，在第一件事没有结果之前，并没有急着去找吴宣。

等到决定把林玉坤的事放一放，秦杉才决定去拜访一下吴宣。

见了吴宣，道出了来历，吴宣老泪纵横。讲起当年的那一段历史，两个人在一起唏嘘不已。梧桐的妈妈给两个人炒了一大桌子菜，两个人从早上一直喝到晚上。秦杉把当年二爷爷吴盛留下的几句话告诉了吴宣，吴宣念了两遍说记住了，也没问是什么意思，就和秦杉继续喝酒。秦杉问起吴家祠堂的房契和文书的事儿，吴宣叹道："那都是多少年前的事儿了，现在咱们生活得多好，不愁吃不愁穿，闺女也出息了，在北京读的研究生，一毕业就找到了好工作。还有什么可挂念的呢？这日子比哪一年哪一代都好啊！过去的事儿就让它过去吧，吴家祠堂是谁的我就不操心啦。"

秦杉听了，心中虽有无奈，但也踏实了很多，毕竟他完成了吴盛的遗愿，吴家的后人生活得都很好，没什么需要他帮忙的。

这一次他在吴家寨仍然没找到父亲的下落，又住了几天之后，秦杉就离开了吴家寨，回到了自己的城市。

也就是一个来月之后吧，秦杉打电话给吴家帧老爷子问安，老爷子在电话里告诉他，吴家的吴元失踪了，吴宣和老婆在县城被汽车撞死了。秦杉听了大吃一惊。这才几天啊，怎么突然天翻地覆了！秦杉再一次回到吴家寨，还是住在吴家帧老爷子家里。他觉得事有蹊跷，想在暗中看看有没有什么异常的地方。

吴宣出殡那天，秦杉在街边一直看着，看见那个清秀的女孩子浑身穿孝走在最前面，就知道那是吴宣的独生女儿吴桐。他心里很想上前去安慰一番，但是他又不知道该说什么。他的直觉告诉他，情况不太对，好像人群里有其他人在暗暗地观察梧桐，他不能过早地暴露自己的身份。

住了几天之后，秦杉决定回去。当天住在县城，等第二天早上的长途汽车。晚上他在旅店门口的一个小饭馆吃饭，无意间听到邻桌人的谈话，让他改变了决定。

25
背 后 主 谋

邻桌是两个三十来岁的年轻人,一个高个儿,长得还算英俊,一个小个子,长得甚是猥琐。两个人喝得酒酣耳热,虽然是晚秋的天气,两人还敞着怀,挽着裤管,肆无忌惮地高声说笑。

小个子说:"哎,我说哥,二牛家的小寡妇长得不赖呀,你没上门去那个……"一边说一边淫笑起来。

高个子说:"瞎扯。那小媳妇儿谁敢惹呀?"

小个子说:"咋不敢惹?"

高个子说:"你知道人家攀上谁了?"

小个子说:"谁呀?"

高个子说:"这个事儿我也就是跟你说,你小子不能再跟别人说去。"

小个子赶紧给高个子倒满了酒,做侧耳倾听状。高个子说:"你知道前些天菜市场撞死俩人那件事儿不?"

小个子点头:"知道啊。死的不是吴家寨的两口子?"

高个子说:"对呀。那是有人让二牛干的。许给二牛五十万元。"说着伸出一个手掌张开。

小个子说:"五十万元?"

高个子说:"对呀。五十万元,蹲一年大狱。值不值啊?"

小个子说:"值!"

高个子说:"值?值个屁!二牛进去了,没几天就让人给做啦!要不他媳妇儿怎么就成寡妇了呢?"

小个子说:"啊?谁干的?"

高个子说:"操!这事儿可不能说出去。是交通执法队的那个马队长看上二牛他媳妇啦。我一个兄弟给马队长当跟班,就是他告、告诉我的。可别、别去惹那个娘们儿,你可记、记住啦?"

秦杉听到这里,脑袋一时间要炸裂。好久,他才回过神来,心里清楚了一件事儿:"吴宣两口子,是被人害死的。"

于是秦杉决定追查下去,最直接的办法当然是问那个马队长。秦杉拐弯抹角地打听到了马队长的家,晚上在门外拦住了马队长,把他拉到县城外拷问。没想到这个姓马的骨头还挺硬,不管秦杉怎么吓唬,他就是什么都不说。秦杉都想动用点厉害的手段逼他了,结果被路人发现了,以为他是坏人,秦杉只好逃走。

可怕的是,第三天传来消息,马队长在执法过程中跟人发生了冲突,被一棍子打死了。至于是怎么起的冲突,被谁打死的,打听不出来可靠的消息。交通局开了追悼会,一切恢复如初。

秦杉断了线索,不知道如何再查下去。他担心自己就是去找梧桐说明情况,梧桐也不会信任他这个陌生人。但是他又不想让梧桐蒙在鼓里，万一谋害吴宣的人也会谋害他唯一的女儿呢？于是就跟梧桐打了那个匿名电话，这样就算梧桐不相信，也会提高警惕。打完电话后，他匆匆回到自己家安顿了一番，然后又去了吴家寨，依然是住在吴家帧家里，暗中保护梧桐。当梧桐散布的谣言传到秦杉耳朵里的时候，秦杉知道梧桐已经在行动了，于是就让儿子和儿媳安排了一场戏，自己直接住进了紫气阁。这样梧桐在明他在暗，大家合力更容易查到真相，找出凶手。

这一段故事讲了三个多小时，讲到这里，大家都是长出了一口气。

有好一会儿，谁都没说话，大家都沉浸在这个饱含恩怨情仇、带点传奇色彩的故事中。

终于，梧桐站起身来，满眼含泪，对着秦杉盈盈地跪了下去："秦大叔，谢谢您！"

秦杉也擦擦眼泪，扶起梧桐，说："孩子，现在还不到谢我的时候。等咱们抓住凶手再说。"

邵大齐问梧桐："你是什么时候猜到秦大叔身份的呢？"

梧桐说："去年秦大叔来找我爸妈说当年的事，我爸第二天给我打电话的时候告诉我了。那时候我还在北京，听我爸跟我感慨了很久。我知道秦大叔虽然祖籍河北，但父母都是湖南人。尽管没见过面，秦大叔入住登记时身份证上写的也是北京，但我看他的名字跟我爸告诉我的一样，而且爱吃辣椒，就猜到他的真实身份了。"

秦杉赞许地点点头："我不知道你爸跟你说过我，也怕我跟你说了你父母出事的实情你不相信,所以打算先观察观察你,你设下的这个局,引来的人各怀鬼胎,如果有事我也能在暗中保护你。"

邵大齐忽然问:"秦大爷,您说您知道山上袭击您的那些人是谁?"

秦杉点头说:"对!我知道。现在先不说。到时候再告诉你们。"

邵大齐没有勉强。他吩咐大家先后离开山洞,待他和梧桐回到紫气阁的时候,已经日上三竿。

大门口,邵大齐对梧桐说:"多保重。我要回县里一趟,下午回来。你们等着我。"

说着跳上车,发动引擎,一溜烟儿地下了山。

邵大齐回到县城,并没有去公安局,而是找了一家茶馆,要了一个单间,要了一壶浓茶。昨晚一夜没睡,困得打瞌睡。拨了一个电话后,他就倒在沙发上睡着了。

不知过了多久,听到有人小声叫他,邵大齐艰难地睁开双眼,看见一个人坐在对面。他揉揉眼,把茶杯里的茶倒在手心里往脸上抹,三抹五抹,脑袋清醒起来,对对面的人拱手道:"刘局长,抱歉抱歉。昨晚折腾了一个晚上,一分钟都没睡。"

刘刚呵呵笑,说:"你先喝杯茶吧。他们这儿还有咖啡,我帮你叫一杯?"

邵大齐轻轻地扇了自己一个嘴巴,咕哝着说:"嘻!真是困糊涂了,要咖啡,纯的,啥都别加。"

咖啡上桌，苦涩的味道刺激了神经，他坐直了身体说："行了。"

刘刚又笑："不急。说说，昨晚我们走了之后都发生了什么？"

邵大齐一边啜着咖啡，一边开始讲昨晚发生的事。他尽量捡最重要的情节说，全讲完也用了两个多小时。刘刚吩咐服务员上了一桌丰富的午餐，俩人一边吃一边讨论。

"没想到这个吴家祠堂后面的事情这么复杂，"刘刚摸着下巴感慨，"不过，这事跟你的任务没啥关系啊。"

邵大齐说："我觉得大有关系。我有一种预感，李怀鹏之前和刘德建爬山时无意发现的密室，里面放的就是我们想找的证据。而且，当年林云南躲在吴家寨那么久，后来他儿子林发培在'文革'动乱期间回到吴家寨。现在林玉坤在外面已经功成名就，还是千方百计跑到吴家寨搞民宿，还把公司驻扎在吴家祠堂……这些事都说明，吴家寨、吴家祠堂以及与此相关的这些人，跟我们要查的事情大有关联。"

"倒也是。"刘刚点头，他慢慢地夹着菜，琢磨了好一会儿，才说，"这里头有三条线，第一条，是吴家内部的祠堂产权之争。"刚说到这儿，邵大齐就打断说："局长，也未必是吴家内部。"刘刚想想也对，就说："好，不光是吴家内部。这个先不管。第二条，是秦家和林家的世仇。这第三条嘛，你有没有感觉，吴元失踪，哦，现在已经基本确定那个坠崖的人就是吴元，吴宣夫妻也死了，六指神偷死了，刘德建死了……这么多命案后头，也许有同一双黑手。"

邵大齐点点头，说："我已经有怀疑的对象了。"

刘刚没有回答，点了一根烟，抽了起来。

邵大齐又问："局长，那个杨大刚审了吗？他都交代了哪些情况？"

刘刚说："我来之前刚审完。基本情况跟他在山洞里说的差不多。他甚至说这些事儿都不是吴方的指使，都是杨音若自作主张干的。"

"那你们去找过秦海石了吗？"

"我们调用了一架直升机，但是也没有找到秦海石，我当时还在搜寻现场。"

邵大齐点点头："这就对了。秦杉跟我说过，秦海石对吴家寨的地形熟悉得很。除非他主动现身，否则我们不太可能找到他。"

"听你说的这个人不仅身手高超，还会驯兽，确实是个传奇人物。他手里真有藏宝图吗？"

"等咱们以后见到他就知道了，这位秦老爷子以前是当土匪的，得亏我军策反了他才终于攻下吴家寨。此人有勇有谋，如果不能取得他的绝对信任，他恐怕不会轻易现身，也不会把藏宝图交给我们。咱们先不管他，"邵大齐说，"先捋捋吴家祠堂这件事吧。当年来县城领回吴家被抄财物的三个人，到现在死了两个，这两个人很可能是吴家祠堂房契和文书的知情者，而这很可能正是他们被谋害的原因。从吴家内部来说，最大的嫌疑有两个人：一个是吴方，因为他是吴家的长房长孙，最有资格继承吴家财产；另一个就是吴记，他应该是知道内情的人，如果吴方、吴元、吴宣都死了,他就顺理成章地成为吴家的族长,成为能名正言顺掌管吴家祠堂和财产的人。"

"有理。"刘刚吸了口烟,说,"就现状来看,吴方的动机最强烈,他刚退休,也许跟杨音若一样,不满足现在平淡普通的生活,就对祖上传下来的财产动了心。但是这跟杨大刚的口供不符。至于吴记,他就算想当吴家族长,也得消灭掉吴方、吴元、吴宣好几个人,这代价也太大了吧?我见过吴记,总觉得他不像是那么心狠手辣的人。"

邵大齐说:"不需要。现在吴元和吴宣都已经不在了,杨音若在吴家寨,相当于自己送上门给吴记。只要他控制了杨音若,就能以此要挟吴方放弃吴家祠堂。"

刘刚忙说:"这么说,现在最危险的是杨音若吗?"

邵大齐说:"这就得看吴记有多大的胆子,和他背后的势力到底有多强了。我们可以继续观察。我在吴家寨待了几天,听村子里的很多人都说,这个村支书吴记,跟旅游公司的老总林玉坤,走得很近哪。"

"走得很近正常啊。第一,吴家寨的民宿旅游就是这两个人一起搞起来的;第二,他们两家现在都在吴家祠堂办公,走得不近才是问题呢。"刘刚说着,锁紧了眉头,"你一直在说吴记背后有很大的势力,又一直在说吴家祠堂……你是怀疑林玉坤吗?他是这一切的主谋?"

26
真 实 身 份

邵大齐没有正面回答:"没有确切的证据之前,一切都是我的猜想。还有,袭击秦杉的那些人又是谁呢?为什么秦杉自己不愿意告诉我呢?"

刘刚说:"按照刚才你转述的那段故事,林玉坤很可能就是林云南的孙子,林发培的儿子。林云南被秦海石出卖丢了性命,而林发培又被秦杉砍下了一条胳膊,两家这是世仇啊。秦杉不愿意说出来,应该是担心牵扯到'文革'中的命案,在梧桐爸妈的事没查清之前不能配合警方的调查,因为他不想在这个时候离开吴家寨。"

邵大齐说:"有道理。我已经让部里的同志们去调查这个林玉坤了。我再给他们打个招呼,让他们帮忙确认一下林玉坤的父亲到底是不是林发培。"

刘刚点头说:"好。希望这对你完成任务有帮助。"

邵大齐说:"我在那边观察了几天,发现了一些问题。"

刘刚问:"怎么说?"

邵大齐说:"吴家祠堂地方不小,村委会和旅游集团总部是分开的。村委会那一块儿村民们都能自由出入,但是旅游集团的那一部分除了接待室,办公区是不让随便进的。晚上我也去探查过,防备很严,墙上有很多摄像头,还有保安巡逻。"

刘刚思忖了一下,说:"一个公司,搞得这么神神秘秘的,是有点蹊跷。"

邵大齐说:"我也这么想。我在周围观察了几天,发现有一些外来车辆是直接开进吴家祠堂后院,也就是那个旅游集团的,一般人根本进不去。有一天晚上我摸进后院,就听两个像是服务生的小女孩儿聊天。一个说:吓死我了,我可从来没见过那么多钱。另一个说,多少钱啊把你吓成这样?那一个说:数不清啊,好大一袋子,倒在床上占半个床。另一个又说,那天我还看见美元了呢。那一个说,你认识美元啊?另一个说,绿色的啊,美国电影里有。局长,我觉得,从这些话里能听出来,这个旅游公司在做大量的现金交易,还涉及美元。一个旅游公司,如果不是非法买卖,怎么会用到那么多现金?"

李刚说:"嗯。这个发现很重要。"

邵大齐说:"还有,秦杉说他在山上遇到袭击的时候,袭击者都带着手枪。"说着,他从挎包里拿出秦杉交给他的手枪放在桌子上,刘刚拿起来看了看,枪号已经被打磨掉了。

邵大齐接着说:"这种五四手枪,我军从1954年开始装备,早年间在社会上也发现过这种枪在流传。吴家寨以前是个土匪窝,村民也有打猎的习惯,有个别土枪还可以理解,但同时出现三个人持枪拦路，而且号称后面还有团伙头领，那么他们一定是属于某个很大的犯罪集团，从事的是某种非法交易，很可能涉黑。"

刘刚说："分析得对。在吴家寨周围，最大的商业组织恐怕就只有那个'吴家寨民宿旅游服务集团了'。现在看来，还要加上林家和秦家的世仇，这个林玉坤恐怕就是一个需要我们怀疑的对象。"

邵大齐点点头说："我也是这样想的。要是他们真的在搞非法交易，我们只要突击搜查一下，就有可能发现他们窝藏赃物的地方，甚至还会找出他们非法持有的武器。"

刘刚点点头，又叹了口气："是啊。我曾经也是这么想的，通过对吴家寨的突击搜查，找一些关于前面两个命案的证据，但是县委有决定，不能以任何形式干扰民宿旅游工作，影响村民的生活，影响吴家寨的公众形象。所以，我们只能暗中调查了。我知道，这对你完成任务有影响，希望你能理解。"

邵大齐有些无奈，但也只能服从组织的决定了。

邵大齐的真实身份是公安机关文物保护小组的办案专员。最近几年，随着国内群众生活水平的提高，各种古董、艺术品交易也越来越活跃。但是在这个市场上，存在一些非法交易。很多中国古代的名人字画、瓷器、玉石挂件属于文物，却被违法分子拿来买卖，赚取高额利润，甚至走私到国外，给国家的文物保护工作造成难以估量的损失。因此，公安机关为了保护文物，成立了专门打击文物走私的小组。邵大齐以优异成绩从警校毕业后，加入了这个组织,靠自己灵活的头脑和不凡的身手屡建奇功。

这一次邵大齐来到吴家寨,是一次大行动的一环。有人报案,自己高价收购的字画,明代文征明的经典之作《溪山积雪图并草书雪诗合卷》被盗。这是一幅书法绘画一体的作品,其中画作有三米多长,书法有五米多长,2005年年底在瀚海秋季拍卖会上以1188万元的价格成交。接到报案后,警方多方侦查也一直没有找到这幅画的下落。后来在另一个案件中,有人说在黑市见过这幅作品,但因为价格太高没有买到。警方由此判断这幅字画已经进入了销赃渠道。在全国警方以及国际刑警组织的协助下,关于这幅字画的消息不断传来。引起警方注意的最新一条消息,是香港警署在破获一起国际走私案时,从一个犯罪嫌疑人的住所中查获《溪山积雪图并草书雪诗合卷》的一半《草书雪诗》,同时找到一张酒店的住宿卡,这张卡就来自吴家寨的民宿酒店紫气阁。

经过警方的综合分析,这个吴家寨很可能存在一条销赃、走私线路。在多方协调之后,文物保护小组的办案专员邵大齐受命乔装打扮后进入吴家寨侦查,他在县公安局的唯一联络人,就是局长刘刚。这样邵大齐如果需要支援,可以直接联系到他。

邵大齐很顺利地住进紫气阁,没想到文物的事还没线索,先打进了吴家祠堂的一堆案子里。

"其实,现在看来,就算我们能突击检查,也未必能查到什么……"刘刚深深地看了邵大齐一眼。

这话说得严重,邵大齐没接声。

刘刚用手指轻轻叩了叩桌子,"我担心的是,我们这边一旦有个风吹草动,吴家寨那边就会得到消息。"

"您是说我们内部有问题?"邵大齐没有绕圈子,直接问出了口。

刘刚笑了笑,吸了口烟:"你说呢?要是没问题咱俩非在这儿见面?我办公室不比这儿强?"

邵大齐没想到他这么坦率地承认自己手下有叛徒,不好意思摸摸脖子,嘴里说:"倒也是。那下一步您有什么想法呢?"

刘刚想了想,说:"咱们先假设吴家寨有问题,搜查不搜查,都必须堵死那些证据被转移的渠道。吴家寨那个地方,原来是个出不去进不来的地方,其实只要严查进山公路的出入车辆,就能锁死他们。"

邵大齐想起梧桐他们的紫气东来洞,摇了摇头,说:"吴家寨的地下,山洞和地道纵横交错,要想藏起东西来可不是一件难事儿。当年土匪的藏宝图还在秦杉的父亲秦海石手里,他们藏起来的宝贝到现在也没人发现。如果他们把那些赃物啊、美元啊、文件啊什么的随便找个地方藏起来,咱俩就是不吃不喝在这大山里找个几十年,都未必能找到。"

刘刚眉头皱起来:"咱们尽量控制地面公路,至于地下,看看梧桐和吴豹能不能帮我们守住。"

邵大齐皱着眉头说:"我会让他们尽量盯住地道和山洞,防止有人逃跑或者在那里转移证据。但是这样我们还是太被动了,刘局,我有个计划。说起来,这个计划还是受梧桐和吴豹的启发。吴家祠堂、秦林两家的世仇以及销赃走私集团,这其中一定有关联,我们与其被动地去查,不如设置一个局,把各方人员聚到一起,没准儿他们就能暴露出我们需要的线索。"

刘刚说:"你不怕打草惊蛇吗?"

邵大齐说:"我不怕打草惊蛇,倒是怕蛇太狡猾,按兵不动。现在整个事情太过平静,需要做点什么把水搅浑,这样大鱼才能露出水面。如果我们警察没什么行动,那些藏在后面的不法分子也不会有什么大动作。只有他们动起来,我们才能趁机一网打尽!"

他又喝了口咖啡,接着说:"除了要找证据,还有一个关键点。"刘刚全神贯注地等他继续,邵大齐便说,"我们一定要想办法让那个林玉坤回到吴家寨,而且不能让他回北京。如果我们发现证据,一定要在吴家寨实施抓捕。不然的话,我担心会发生意外。"

刘刚点点头:"好!那就说说你的计划吧。"

27

局 中 局

当天下午,吴家寨紫气阁的地下,紫气东来洞。

邵大齐、梧桐、秦杉、吴豹又一次聚到一起。邵大齐向另外三人介绍了他的计划。梧桐听了说:"真是不谋而合啊。当时我把十六字诀散布出去,就是为了把各方势力吸引到一起,这个时间点就是中秋。当时只是想看看到时候他们会做什么,没完全想好怎样应付可能发生的事情。你这样安排,那就天衣无缝了。"

邵大齐瞥她一眼:"拉倒吧,还天衣无缝呢。要是你们家的房契和文书真的被别人抢了去,到时候你可别哭。"

梧桐和吴豹对视了一眼,点点头,在邵大齐好奇的眼光中,梧桐笑道:"没跟你说。房契和文书早就在我们手里了。"

"什么?"邵大齐跳了起来,"怎么可能?不是要等到中秋的吗?"

梧桐笑着摇摇头:"一般人都是这么想的,一开始我也是这么想的。在我破解了十六字诀的秘密之后,反反复复琢磨,就想起一个美国大片，里面说到用太阳光和山峰的影子在确定的时辰确定一个地点。我就想，中秋就是月圆嘛，七月十五、六月十五都是月圆之夜啊，最多光线角度略有差别，也差不到哪儿去。所以我跟豹子就开始找。没花多少时间，就在卧龙亭西侧找到了一块凸起的石头，在中秋月圆的午夜，东面那座山峰的影子的尖头会落在这块石头上。我们顺着这块石头往下挖，挖了两米多深的样子，下面出现一个石板，石板下面是一个洞，洞里一块大石，石上放着一个木盒子，里面就装着两份文件。"

秦杉有点不解："两个在一起？不是说房契和文书是分开保管的吗？"

梧桐说："这个我也不知道，反正就是在一起的。"

"那文书上怎么写？"邵大齐和秦杉异口同声地问。

梧桐看了吴豹一眼，神秘一笑，说："这个啊，现在先不告诉你们。等抓住杀害我父母和我元叔的凶手，我们就公布真相。对吧豹子？"

吴豹使劲点头："对！"

邵大齐点头说："那按照字诀，什么都找不到了？"

梧桐笑了笑，说："我在北京潘家园找人高仿了一本房契放在里面了。我是想看谁会拿到这个假房契，拿到之后会做什么。"

邵大齐竖起大拇指："聪明。"

半个小时之后，吴豹和秦杉走了。梧桐转身要和邵大齐一起上去，却见邵大齐趴在桌子上打起了呼噜。估计这家伙不只是昨晚一夜没睡了。梧桐脱下自己的外衣，轻轻给他披上，转身回紫气阁拿棉被去了。

明月几时有,把酒问青天。不知天上宫阙,今夕是何年。

中秋之夜,夜色如水。这个世界上,不知道有多少故事在上演着。

午夜时分,两道人影从紫气阁的后门走向卧龙亭,一个是高个子,一个是小个子,两个人都拿着军用铁锹。小个子走得很快,大个子有点跟不上,气喘吁吁。

到了卧龙亭下,大个子喘着气对小个子说:"我说,还不到时间呢,你走那么快干吗?"这个人,便是李怀鹏。而那个小个子,则是老秦头秦杉。

今天晚上的一场大戏,还是得吴家人来唱。李怀鹏是吴胜兰的儿子,吴丰的外孙,梧桐也让他参与进来了。为保安全,秦杉负责当他的保镖,不然李怀鹏一个人也不敢来。

不远处的一棵大树上,坐着邵大齐,他手里端着一个夜视望远镜,梧桐坐在他的身边。宽大的树叶遮住了他们的身形。在他们对面的大树上,吴豹也藏在树荫里,手里也拿着一个夜视望远镜。中间发生的一切都在他们的眼皮底下。

在邵大齐和梧桐的前面左侧,有一块凸出的大石,大石后面,藏着三个人,两男一女,其中一个也拿着夜视望远镜。邵大齐、梧桐和吴豹晚饭刚过就来了,前面的两男一女是大约十一点的时候才来的,所以邵大齐他们能看见这三个人,这三个人却看不见邵大齐和梧桐。

邵大齐把望远镜给了梧桐,梧桐朝前头看了看,趴在邵大齐的耳边说："是杨音若他们。"

李怀鹏和秦杉在卧龙亭休息了一会儿，就开始往西面走，李怀鹏的手里还拿着一把卷尺，一边走，一边拿出尺子量，嘴里还念念叨叨的，不知道说些什么。

快到十二点的时候，李怀鹏站起身来，做出四下张望的样子，过了好一会儿，才走在一块不起眼的石头前蹲下，对秦杉说："开始吧。"两个人挥锹开挖。树林里静悄悄的，只有铁锹挖土的声音，"嚓、嚓、嚓"，教人听了有些不寒而栗。

十分钟之后，就听李怀鹏惊呼一声："有了！"然后又是一通猛挖，不到十分钟，一块石板被两个人抬了起来。李怀鹏打开手机上的手电往里面照了照，对秦杉说："你下去。"秦杉看他一眼，知道他不敢下去，两腿一纵，跳进洞里。很快，就听秦杉在洞里喊："找到啦！"李怀鹏听了，伸头向洞里看去。

就在这个时候，大石头后面的两男一女动了。前面的魁梧男人起身直奔李怀鹏，还没等李怀鹏反应过来，就被他一脚踢进洞里。就在这时，洞里却陀螺般旋转着升上来一个瘦小的身影，正是秦杉。

魁梧男人和秦杉登时交上了手。这两个人都是功夫不弱，魁梧男人的招式看不出是什么门派，却是凶猛得很，没有半点花架子，招招凌厉，全攻向秦杉的要害处。而秦杉从小学武，得父亲秦海石真传，也不是闹着玩儿的。他利用自己身形瘦小灵活的优势，并不跟这个大个子直面对抗，而是围着魁梧男人展开游斗。

但是另外一个男人已经下到洞里，把李怀鹏揪了出来，李怀鹏手里还拿着一个盒子。

杨音若的声音在一旁袅袅响起:"老五啊,别打啦。东西到手了,还打什么。"

魁梧男人听了,托地跳出圈子,嘴里还不由地赞了一声:"老头儿,功夫不错啊。"

秦杉和李怀鹏面面相觑,杨音若挥手招呼同伙:"拿好东西,赶紧走!"

三个人转身的工夫,秦杉却又欺身上来,试图夺取已经在杨音若手里的盒子。魁梧大汉挺身挡住,不再跟秦杉比武,而是从腰里拽出手枪,抵在秦杉的胸口,威胁道:"滚!再不滚老子就毙了你!"

就在这时,另一个男人的声音在林子里响起:"这是谁呀?敢在吴家寨杀人?"

出乎在场的三人,以及藏在暗处的梧桐等人的意料,竟然是吴家寨村支书吴记,不动声色地徐徐走来,身边还跟着五个汉子,手里都端着枪。梧桐甚至不知道他们是什么时候、从什么地方冒出来的,不由得脊梁骨冒出冷汗。

走到杨音若面前,吴记叫了一声"嫂子",说:"我大哥离家几十年,从来没有管过家里的事儿。嫂子您大老远来趟这浑水,是我大哥的意思呢,还是您自己的意思?"

树影里的梧桐听了吴记这两句话,惊得下巴差点掉下来。在她的印象里,这个堂叔是没见过太大世面的山里人,什么时候变得说话这么霸气了?

杨音若"哼"了一声:"不管怎么说,我家是长门长孙,我家老头子现在还是族长呢。怎么?我们没权利管家里的事儿?"

吴记也"哼"了一声:"家里的事儿恐怕你管不了啊。且不说我大哥如今退休了,是个闲淡散人,就算他当年在位的时候……"刚要吹牛,忽然觉得这牛可能吹太大了,于是赶紧改口,"当年他在位的时候来,我们还有个商量。"

杨音若声色俱厉地叫道:"那你的意思,现在是没得商量了?我可告诉你,别看我们老头子退休了,他的威望还在,势力还在,你们这些小人别太过分!"

吴记"哈哈"一笑,指着那两个男人:"这就是你说的势力?"盼咐身边的人,"把他们绑了!"

旁边的汉子端着枪上来,魁梧男人看着杨音若,杨音若摇摇头,表示不要硬碰硬,于是两个人被绑了起来。

吴记从杨音若手里夺过盒子,打开后用手电照着,看了一会儿,忽然眉头一皱,大声喝道:"姓杨的,这里只有房契,文书呢?"

杨音若说:"我怎么知道?我拿到盒子还没打开呢。"

"哼!"吴记冷笑一声,对着树林里喊道,"吴桐吴豹,我知道你们来了,都出来吧,不出来我可动家伙了。"

梧桐心里一惊,没有动。吴记又喊:"出来,咱们能一起商量。不然,今天你们没好果子吃。"说着,一声枪响,吴记带来的五个汉子中领头的那个开枪了,跟随杨音若前来的那个叫"老五"的男人应声倒地。杨音若大叫一声,瘫在地上。

梧桐眼前一黑,差点从树上掉下去。邵大齐紧紧地握了一下她的手,说:"没事儿,去吧。他让你干嘛你就干嘛,千万别反抗。"

梧桐定了定神，从树影中走了出来。看见梧桐走出来，对面的吴豹也走了出来。

吴记看他们都出来了，说："你们俩我就不用绑了吧？还有，那个，"他一指李怀鹏，"你是胜兰姐的儿子怀鹏？长大了我都不认识了，那一年你来村里才这么高啊。"说着用手比画了一下，接着说，"舅舅这都是为你们好啊。这位是谁？"指指秦杉。

李怀鹏垂着头说："这个是我雇的保镖。"

吴记身边的一个人忽然上前，在吴记的耳边说了什么，吴记一变脸，吩咐身边人："把他们俩绑了！"

临走之前，刚才开枪的汉子把跟着杨音若来的另一个男人也一枪崩了。吴记留下两个人处理尸体，然后带着其他的手下和俘虏们回到吴家祠堂村委会的所在地。

28
胁 迫

梧桐从来没有这么恐惧过。在她亲眼看到两个活生生的人在自己面前被枪杀的时候，她真的吓坏了。

被吓坏的还不只是梧桐，在枪声响起的那一瞬间，李怀鹏两腿一软，直接坐到了地上。

吴家寨村委会的会议室里，一众人等坐在椅子上。旁边是持枪的五人，吴记说他们是民兵。秦杉却知道他们不是，至少有一个人他能够认出来，这个人就是那天在山上袭击他的三人之一。就算那天他带着面巾，秦杉也能把他认出来。他们的对面，坐着村支书吴记。

吴记教人把秦杉带走，然后把屋里人的绑绳都解开，脸上露出大家熟悉的憨厚的笑容，说："各位，实在对不起啊。现在这屋里，剩下的都是咱吴家的人啦，咱们是一家子啊！"看着他说话的样子，梧桐刚刚平静一点的心里忽然感到一阵恶心。

吴记看着大家，接着说："三房的后人都齐了。太好了！我再问一句：除了房契，文书在谁手里？谁要是交出文书，我就把吴家的祖产分他一半！"

看看众人没有反应，吴记奸笑两声："哼！哼哼！就算没有文书，其实也没关系，我早就想好了，只要我们能达成协议，你们所有人都同意全权委托我来处理吴家祠堂的资产，就没任何问题啦。这可是一个大律师给我出的主意。"

吴豹说："哼！凭什么？"

吴记轻蔑一笑："凭什么？就凭你的命捏在我手里。"

吴豹把脖子一梗："在你手里又怎样？你敢把我也毙了？"

吴记咬着牙，恨恨地说："小子，你别把叔叔我惹急了。我能杀别人，也能杀你。"

吴豹往地上啐了一口："杀人犯！"

吴记哈哈一笑："小子，说话要讲证据的，你说我杀人，你想怎么证明呢？这里的都是你的哥哥姐姐，警察会相信他们给你作证吗？说我杀人，你见着尸体了，尸体在哪儿？卧龙山那么大，你找得着吗？年轻人，说话之前要过过脑子啊。"

吴豹气得眼睛都红了。梧桐在一旁默不作声，她知道，吴记的嚣张虽然可恨，但他说的确实属实，如果没有证据，他们找警察报案说吴记杀了人，恐怕也是没有用的。

吴记看着哑口无言的众人，得意地哈哈大笑。梧桐忽然打断了他："记叔，我问您一件事儿，您要是说实话，您说的事儿我都依您。"

吴记展颜一笑："桐桐，子侄辈里，也就你最有脑子，叔叔也最喜欢你。你说吧，什么事儿？"

梧桐说："我爸妈跟我元叔是不是都是你害的？"

吴记似乎早有准备，摇头说："怎么会呢？他们是我本家的哥哥嫂子，我怎么会害他们？"

梧桐说："你敢起誓吗？"

吴记说："这有什么不敢的。我起誓。"

梧桐看着他的眼睛，半晌，又说："前些天那个六指神偷小六子想到我那偷东西，是不是你指使的？"

这一回吴记倒没有否认，说："是啊！谁知道这房契和文书是不是藏在你的房子里啊。那个小子还号称六指神偷，一个三层楼都爬不上去。哼！那天我本以为你不在呢，谁知道你早回来一天。"

梧桐点点头："记叔，您为什么非要这个吴家祠堂，甚至为了这不惜杀人？"

吴记装模作样地长叹一声："唉，我也是身不由己呀！"说着忽然警觉起来，转了话题说，"你们等着啊，我让人起草文件，一会儿就能打印出来让你们签字。"

梧桐问："签完了呢？"

吴记说："签完了当然是放你们回家啊，难道还要我养活你们吗？"

果然，当众人签完那个"全权授权"的同意书之后，吴记就把梧桐、吴豹和李怀鹏放了，只留下了杨音若，因为吴记需要用她让那个还没死的大哥吴方就范。在另一个房间里，秦杉也被吴记的手下扣下来了。

放了众人，吴记躺在办公室的沙发上睡了。醒来的时候，已经是第二天的中午时分,他擦了把脸,抄起桌子上的手机拨了一个号码。

北京,二环以内的一座别墅里,昆玉房地产开发集团公司董事长兼总经理,也是"吴家寨民宿旅游服务集团"的董事长兼总经理林玉坤刚刚从床上爬起来。昨晚中秋,他带着几位投资界的大佬去颐和园的昆明湖上泛舟,舟上请了几个顶尖的民乐演奏家。一轮明月,一湖秋水,一曲《春江花月夜》,众人都如痴如醉,他喝得到这会儿还有些头晕。

悦耳的手机铃声响起,林玉坤看看墙上的挂钟,十一点。他懒洋洋地接起了电话。

对面是吴记有点激动的声音:"林总啊!好消息呀。"

林玉坤对着电话催促道:"赶紧说。"

吴记说:"第一啊,吴家祠堂的房契我们拿到了。"

林玉坤兴奋道:"真的吗?那太好了!有老丁他们跟着你,果然是万无一失啊。哈哈哈。那个文书呢?"

吴记说:"文书没发现。不过您别着急,我跟您的律师打过电话了,我们是这样做的。"然后就把昨晚的安排给林玉坤说了一遍。林玉坤听了大为赞赏,隔着电话竖起大拇指:"我说老吴啊,这些年你的进步太大了!"

吴记接着说:"还有一个好消息。秦杉抓到了!"

"什么?!"林玉坤这回可不只是兴奋了,他一屁股从沙发上跳了起来:"抓到了?他现在在哪儿?"

"关在咱们地下的那间小屋里。"吴记说。

林玉坤喊道:"OK!我马上出发。你们等着我!老宁!老宁!备车!咱们去吴家寨!"

从北京到吴家寨,如果坐高铁,需要两个多小时,但是下了高铁还要开车两个多小时。如果直接驾车,门到门大概七个小时。林玉坤往返吴家寨,从来就是开车的,不是为了节省时间,而是为了安全。也不完全为自身的安全,而是他身上的秘密实在是太多了。

林玉坤的坐骑不是奔驰宝马,他觉得这种车太过显眼,而是一部凯迪拉克的大型SUV。凯迪拉克这个品牌,在美国很牛,美国总统特朗普坐的就是凯迪拉克。但是在中国,并不像奔驰宝马悍马什么的那么惹眼。

林玉坤坐上车,把座位几乎放平,困意袭来,觉得要昏昏欲睡,却不知道从哪里来了一个声音:"坤儿,你们林家的世仇你可不能忘了啊。"林玉坤浑身打了个激灵,脑袋清醒了很多,闭上眼,想着过去的事。

当年解放军剿匪,土匪头子林云南的第五房小妾周娟儿带着林云南的小儿子林佩法在押送途中从山中的小路逃脱,一路流浪,最后在内蒙古的一个汉人村庄落了脚,对村里人说他们是从河南逃荒到这里的,孩子的名字也改成了林发培。没多久,周娟儿受不了内蒙古草原的食物和气候,就谎称说要去北京投奔一个亲戚。好心的当地人给他俩开了介绍信,这一封介绍信就成了两个人合法的身份证明。

到了北京以后,周娟儿靠自己还有一些姿色,暗地里卖春赚了些钱供林发培上学。林发培上到高中毕业,就没再考大学,而是进了一家工厂。到了"文化大革命"期间,局势纷乱,周娟儿觉得时机到了,就把和林云南分手前林云南交给她的一封信拿出来,给林发培讲述当年的故事。林发培那个时候不到三十岁,正是血气方刚之时,听了故事又看了信,就有意参加红卫兵四处闯荡,最后到了吴家寨所在的县城,跟当地的红卫兵打了一仗,大获全胜,这才带人进入吴家寨,抓了秦海石,逼问藏宝图。

没想到藏宝图没有拿到,秦海石逃进大山,林发培还被秦杉砍掉了一只胳膊,因为流血过多,当时差点就死在吴家寨。"文化大革命"后期,林发培回到自己的工厂,娶了老婆,生了儿子,但是那一腔怨恨却从来没有消失过。也是因为那一次胳膊被砍,他的身体受到极大的创伤,活了不到五十岁就死了。死后两年,他老婆改嫁,家里只剩下六十多岁的周娟儿和孙子林玉坤。

周娟儿恨林发培不成器,下定决心要把林玉坤培养成人,长大好报仇。林玉坤也真争气,从小到大学习上没让这个奶奶操心过,小学中学大学一直成绩优秀,大学没毕业,就拿到了英国剑桥大学的奖学金,在英国三年,念完了硕士博士。

这样的人才,在二十世纪八十年代末九十年代初那是人中龙凤。所以,林玉坤回国之后,遭到各大国企的疯抢。但是,志向高远的林玉坤却偏偏选择了一个民营的房地产集团,跟着几个大哥从总经理助理做起。十年时间,到了二十世纪末,林玉坤终于创下了自己的事业,在北上广前后搞了几个楼盘,一时间声名鹊起,在江湖上很快站稳了脚跟。在这个崛起的过程之中,当然少不了各方的支持和帮助,林玉坤是一个知恩必报的人,所有帮过他的，都一一记在心里。

跟很多挣了钱就各处招摇的房地产大腕不一样，林玉坤始终保持低调，市场上知道他公司的人不少，但是知道他这个人的却不多。林玉坤十分懂得经商之道，也深谙和重要人物打交道的秘诀。他的金钱帝国不断壮大，即使是房地产业开始走下坡路，对他的滚滚财源也没有多大影响。

当然，这跟他后来开展的"新业务"有关。这个新业务，就是倒卖古玩。

29

蛇 鼠 一 窝

所谓"乱世的黄金,盛世的古玩",和平年代最有利于古玩界的发展。但是这里面水很深,不是一般人玩得了的。

林玉坤的古玩生意也是一波三折,刚入行的时候,他吃了不少亏,什么赝品、仿品、假货都坑过他。但是林玉坤是个聪明的人,他知道怎样从中学习,没几年,他的古玩生意就做得有模有样。这个时候,就有人找上门了。

找上门来的货居然是真货居多,而且有不少是价值连城的。这些货不能通过正规途径销售,都是在黑市上流转。因为这些货都需要现金交易,没有账期,钱来得又快又多,让林玉坤尝到了甜头。他不再满足于守株待兔,等货上门,而是决心主动出击,找更多的古玩,开辟更多的渠道,赚更多的钱。他想起当年在英国读书的时候结识的一帮香港青年,那些人个个衣冠楚楚,谈吐不凡,而且出手大方,出入于上流社会。时间久了,那些人想拉林玉坤入伙,林玉坤这才知道,世界上还有专业的销赃组织。

但是那时的林玉坤志不在此,也不知道国内在这方面是什么情况,就婉言谢绝了。现在回想起来,那些人正可以助他一臂之力。

果然,一个电话,就有人从香港飞到了北京,林玉坤和对方一拍即合,当下就谈妥了。从此国外的事情归对方管,出关的事情也归对方管,利润双方五五分成,林玉坤要负责的,只是提供货源而已。这对于林玉坤来说,实在是天上掉了个大馅饼。

就在这个时候,已经八十多岁的周娟儿做了一件和四十几年前一样的事情,那就是把林云南的故事讲给孙子林玉坤听,还给他看了林云南的手书,并且告诉他,他爹林发培是怎么被砍掉的胳膊。本来,林玉坤不是那种热血青年,而且这些年经商,又娶了媳妇儿,生了两个"美国"孩子(在美国生的,按照美国法律,算美国公民),对那些陈年往事本不该像他爸爸一样在意,但当他听到"藏宝图"的时候,大大地动心了。吴家寨的宝藏里肯定有大量价值连城的古董,这得给他带来多少财富啊!于是,一个大胆的计划诞生了。

通过动用一些关系,林玉坤找到了吴家寨所在的县委,开门见山地说他要投资五亿元,在吴家寨开展民宿酒店旅游。当时的县委班子就像是天上下金子砸了脑袋,高兴得晕头转向。想想,像吴家寨所在的这个县,一年的财政收入恐怕都没有五千万元,五亿元对他们来说简直就是天文数字啊。而且,有了这五亿元,就能大大节省吴家寨的建设成本,能迅速提高各个景点和民宿的接待水平,不仅给当地老百姓省了钱,还给他们创造了非常多的机会来发家致富。因此,县里表示会倾全力支持,给林玉坤的公司建立了绿色通道。

没过多久，通往吴家寨的土路修成了高等级柏油公路，吴家寨不但自己有发电站，还有若干通信基站，自己建立起自来水和天然气系统。当地的老百姓生活水平一下子提高了不少，都夸县委的领导有办法，招商引资政策好。

县委的人不会想到，林玉坤哪里是帮助当地村民发家致富，他的真实意图，是把吴家寨建成他倒卖古玩的中转站。那些通畅的柏油路，方便了全国各地乌七八糟的古董贩子来送货，吴家祠堂下面的秘密山洞、地道成了绝佳的窝藏赃物的地点，而来吴家寨旅游的人们成了这些灰色生意最好的掩护。

有了吴家寨这样一个中转站之后，林玉坤各方面的生意都做得顺风顺水。就像是吃了一副"顺气丸"，他感觉各方面都通了。送货的装作游客大大方方入住，拿货的也装作来旅游的，从从容容离开，没有人会想到，古玩生意跟民宿酒店会有什么关系。

当地纯朴的山民都很感激为他们带来致富机会的林玉坤，他们哪里知道，民宿旅游根本不是林玉坤真正投资的生意，对他来说，这不过是一块遮羞布，遮掩着背后肮脏的不法交易。

林玉坤在吴家寨混得如鱼得水，离不开村支书吴记的大力配合和支持。在林玉坤进入吴家寨的第一天，两个人聊了一个晚上，就建立了坚定的同盟关系。

但是那个时候，吴记并不知道林玉坤的秘密，而林玉坤却很快就知道了吴家祠堂的秘密。为了能够名正言顺地看看吴家祠堂的地下还藏着什么，林玉坤花重金盖了一所新的学校，然后把吴家祠堂里面的原小学校开膛破肚，挖地三尺——不止三尺，三米都不止，简直就是把吴家祠堂地下掏了个空。虽然在地下没有任何发现，林玉坤也没觉得有什么吃亏，他顺势把原本就有的地道打通，改造成了若干地下室。这些地下室，就是他藏匿那些非法渠道得来的古董古玩的仓库。

所以每一次有"客户"来看货，都是把车直接开进公司后院的，为的就是避免让外人看到来的是什么人，货放在什么地方。

关于吴家祠堂的房契和文书的事，周娟儿也从林发培那里知道得很详细，所以也就毫无保留地告诉了林玉坤。其实说实在话，林玉坤自己对这一片房子并没有什么想法，因为对他来说，这房子的价值并没有那么高。他也希望吴记能拿到这个祠堂，这样他可以长期租用这一片，对稳定自己的"事业"有好处。他的这个态度，让吴记对吴家祠堂更是志在必得。

一年多以前，两个人聊天。吴记说发愁怎样才能得到吴家祠堂的继承权。林玉坤说，只要你成为吴家族长，就有办法名正言顺地处理吴家祠堂这份财产。吴记回到家，越想越觉得有道理。后来他又问林玉坤，自己怎样才能成为吴家族长。林玉坤说，你前面的人死光了不就轮到你了？吴记耸然一惊，在心底里却是赞成的。

林玉坤也想明白了，要想长长久久地在吴家寨扎根赚钱，必须把吴记拉下水，让他参与文物销赃走私生意，这样才能保证安全。不然时间长了还不知道会出什么事。所以，帮助吴家人自相残杀，让吴记弄脏他的手，剩下的只要顺水推舟，吴记就一定会投靠到他林玉坤的羽翼下。

吴家排在吴记前边的，是吴方、吴元、吴宣。吴方是军队上的人物，一时半会儿没什么好办法，只能等他退休后再想办法动手。但吴元和吴宣还是好办的。林玉坤对吴记拍着胸脯，说这些事包在他身上。

吴记没有对梧桐说谎，因为他虽然利欲熏心，但杀掉自己的族亲，他还是下不了手的。帮他动手的，是林玉坤。

林玉坤先指点吴记用钱来解决问题。他让吴记跟族里人商量，把吴家祠堂高价卖给吴家寨民宿旅游服务集团。吴方不在村里，所以吴记就找了吴元和吴宣谈，没想到，这两个人竟然一致摇头不同意。他们都表示吴家祠堂是吴家祖宗留下来的，不能在他们这一辈的手上丢掉，多少钱都不行。再说，他们勤勤恳恳地经营自家的民宿酒店，已经生活得很好了，钱这种东西，要那么多有什么用？怎么能为了一点钱就丢掉祖宗遗产，让外人和后辈戳脊梁骨呢？

反复谈了几次谈不通，吴记心中焦躁，就又去找林玉坤诉说。

林玉坤笑笑，对吴记说，看样子谈是谈不拢了，只有让你升任族长了。吴记听了这话，没接茬但是也没反对。没想到林玉坤雷厉风行，很快就对吴元和吴宣下了手。

先是吴元失踪，然后是吴宣夫妇车祸。前一件事，是林玉坤让自己的手下干的，后一件事儿是委托县城里的"朋友"干的。至于吴方那一头，林玉坤根本就没放在心上，吴方退休只是时间的问题，等到他门前冷落，多少个吴方也不在话下，没什么好担心的。

　　为求稳妥，林玉坤还做了两手准备，他一方面紧锣密鼓地布置，除掉了吴元和吴宣；另一方面在吴家寨挖地三尺地找吴家祠堂的房契和文书。一旦吴记成为吴家族长，就有了全权处置吴家祖产的权利，那时候再有房契和文书，就更加名正言顺一些。在吴家寨里里外外、山上地下都找个遍也没有结果的情况下，林玉坤无奈，准备找人做一份假的，然而就在这个时候，吴记接到了那个十六字诀的神秘电话，接着就有了房契和文书在紫气阁被发现的谣言。于是吴记就找了六指神偷想从梧桐的卧室把文件偷出来，结果小六子挨了吴豹一弹弓摔死在紫气阁下。为这件事儿，林玉坤把吴记臭骂一顿，说傻蛋才会把文件放在自己屋里。

　　吴元和吴宣夫妇死后的一段时间，吴记心中惶恐。为求心安，他竭尽全力地帮助梧桐完成父母的葬礼，经营紫气阁。同时他也开始变得贪婪，他离吴家族长的位子越来越近，一旦有了房契和文书，他就能做主把吴家祠堂卖给林玉坤。林玉坤有的是钱，这一片老房子能出价到五千万元，就算他分给族里其他人一半，还能剩下两千五百万元呢，别说这辈子，连他的儿子、孙子都够花了。

　　吴记心中的贪婪、恐惧、内疚让他跟林玉坤越走越近，后来，林玉坤就把自己在做的古玩生意透露给了他，真正接受他成为自己的团伙成员。吴记没有想到林玉坤的手段和势力如此了得，更是对他言听计从。

　　和犯罪团伙的其他成员一样，吴记也开始白天去吴家祠堂了解"生意"，晚上去山里做训练。吴记看到这些人不但有枪，而且心狠手辣。一旦发现有人背叛或者不忠,格杀勿论。有两个"叛徒",就是林玉坤亲手射杀的。

吴记彻底地怕了,彻底地拜服在林玉坤的脚下,成了林玉坤的一条狗。从害怕,到习惯,到彻底屈服,前前后后也不过用了一年的时间。

30

秦 林 世 仇

凯迪拉克越野车在高速公路上飞速地奔驰着,林玉坤在车座上半躺着,仍然是半梦半醒的样子。

"一件大事总算要落定了。"林玉坤心里舒了口气,又想起了秦杉。

奶奶周娟儿每次说起秦海石,都是一副咬牙切齿的样子。林玉坤觉得有点好笑,在他看来,周娟儿是看上了秦海石。毕竟,秦海石是一个有学问又功夫高超、风度翩翩的美少年,而林云南不过是个流氓出身的土匪头子。但是,周娟儿一个烟花柳巷出来的女子又怎么能跟秦海石的夫人相比?那可是北洋大学的校花,又有学问又有美貌。让周娟儿一辈子痛恨秦海石,痛恨秦家的,可能并不是她丈夫的死,而是要命的嫉妒心。

周娟儿如何痛恨秦家对林玉坤来说无关紧要,对他来说报不报仇都没有什么太大所谓,他现在心心念念的,就是那传说中的"藏宝图"。这个对林玉坤的诱惑太大了,对于像他这样的富豪来说，好奇心和贪婪有时候更能让他们甘愿去冒险。

所以，前些天秦杉出现在紫气阁的时候，虽然有人向林玉坤报告过，但他并没有当回事儿，想着去吴家寨之后找机会把这老小子干掉就拉倒。没想到才过两天，县城就传来消息说山上发现了"野人"，林玉坤还以为自己哪个手下训练的时候露出了马脚，就吩咐底下人做事隐蔽些，同时留意公安局进一步的动作。那天秦杉从山上一下来就被林玉坤的人盯上，他们本来是要把秦杉抓回去审问，没想到这个老小子武功那么高超，让他给跑了。不但跑了，还拿走了三支枪。林玉坤在电话里发了顿火，也无计可施，只好让下属们继续监视。就算他知道秦杉住在紫气阁，他也不能进去抓人，因为吴家寨接连发生了两起意外，公安局的人正盯着紫气阁，他再想下手也得等过了这阵风声再说。

到目前为止，所有的事儿看起来都还算顺利。在"没有外人"参与的情况下，吴家人自己内部打了一仗，吴记成功地拿到了房契并且胁迫所有吴家人放弃了对吴家祠堂的权利。更出乎意料的是，秦杉在这场战斗中被抓。这么说，县城里传出的卧龙山上有"野人"的消息恐怕不是空穴来风。那个"野人"难道是失踪多年的秦海石？那么秦海石会不会已经把藏宝图的秘密告诉了他儿子秦杉呢？

如果是这样，林玉坤觉得自己离藏宝图也不是很远了。

唯一让他放心不下的一件事是：那个给吴记打神秘电话的人是谁呢？又是为什么要打这个电话呢？一系列的事情发生，好像背后都有这么一根线。好在直到今天，吴记并没有吃任何的亏，反而在昨晚的行动中大获全胜。先拿到吴家祠堂，后面的事慢慢解决。林玉坤下定了决心。

傍晚的时候,车子开过了进山的那一条隧道,进了吴家寨。

隧道尽头处,一辆不起眼的绿色吉普车停在路边,凯迪拉克呼啸而过之后,吉普车上下来一个年轻人,摘下墨镜,向吴家寨方向遥望了一眼,嘴里自言自语地说:"小子,这一次你恐怕是有来无回了。"

回到吴家祠堂,吴记等人已经在前院等候了。林玉坤进屋稍事休息,跟手下们吃过晚餐,就对吴记等人说:"咱们去后院吧,把那个秦老头也带过去。"

后院的一个房间里,林玉坤和吴记分别坐在椅子上,身后站了两个大汉,不一会儿,秦杉被押了进来,五花大绑。因为知道他武功卓绝,这些人都不敢有丝毫疏忽。

秦杉一进门,前后看了看,忽然"嗤"地笑了一声,说:"这地方好熟悉,不是当年的柴房吗?"然后看看坐在面前的两人,点点头,对着林玉坤说:"当年我就是在这里砍了你老爹一条胳膊。"说着又转向吴记,"这里也是你亲爹上吊自杀的地方。"

林玉坤和吴记一时愣了,吴记先反应过来,莫名恼怒,刚要站起来发火,就被林玉坤按住。林玉坤并没有生气的样子,冷冷地对秦杉说:"姓秦的,你觉得你今天还能活着出去吗?"

秦杉一笑:"我跟你说过我打算活着出去了吗?"

林玉坤一竖大拇指:"好!佩服!"然后换了一副口气,"秦先生,过去的恩怨我并没有放在心上,冤冤相报何时了不是吗?只要你劝你父亲交出当年的那一份藏宝图,咱们新账旧账两清，我保证你们爷儿俩的安全，你看如何？"

秦杉盯着林玉坤："我父亲？我父亲失踪多年了，你在说什么疯话？我听不懂！"

林玉坤笑了："秦先生，您就不用跟我装模作样了，我有我的消息渠道。您这是何必呢？秦老先生独自在山上过了这么多年，很不容易，咱们为人子的，应该早点接老人下来享清福。"

秦杉垂下眼睛，一言不发。

林玉坤淡定地说："好，你慢慢想。我告诉你，我已经苦心经营了多年，吴家寨现在是我的地盘，我手下有多少人，我们有多大的手段，都能让你们父子见识见识。但是等我们把你父亲找到，恐怕就不会这么容易放他走了。你现在主动找到你父亲，让他把藏宝图交给我们，我还能放你俩一条生路。"

秦杉心念急转。他知道林玉坤没有说假话，现在父亲在山上的消息已经传开，如果林玉坤真的发动手下去找，父亲暴露藏身之处只是个时间早晚的问题。与其被动地等待他们上门，不如主动一点带他们去。父亲手下有一鹰一熊，又熟悉山里复杂的地形，虽然年纪大了，但仍然有自保之力。加上他，也许能干掉林玉坤几个手下，逃下山来得到警察的帮助。这样他们父子也许还能有一线生机。

秦杉当然知道事情不会像他想象得这么容易，但是眼下要紧的是想办法从这伙儿杀人不眨眼的销赃走私团伙中逃出去。

秦杉打定了主意，反而长叹一声："唉，我都快七十的人了，什么宝藏、什么世仇对我还有什么意义？我可以带你们去找我父亲，但是你们必须保证，拿到藏宝图之后放了我们爷儿俩。"

吴记笑道："这是自然。林总刚才都说了，对你们爷儿俩的命没兴趣，你放心就是。"

秦杉说："既然这样，你是不是应该把我解开了？"

吴记立马拒绝："那不行，你的身手我们是听说过的。你不用急，只要你明天带我们上山，找到你爹秦海石后，我们一定会放了你。"

秦杉听了无语，心里暗自盘算明天该如何脱困。正在这个时候，有人跑进来报告，说门口有个女孩子，自称是紫气阁的梧桐，要见村支书吴记。秦杉一听，心下紧张，不由地坐直了身体。林玉坤瞟了他一眼。

吴记说："这小姑娘一定是来要人的，哼，真是异想天开。就说我有事，没空见她。反正她也没证据说人一定在我这儿。"

林玉坤却指了一下秦杉："算了，把他放了吧。"

吴记惊讶道："什么？放了他？"

林玉坤没再理吴记，而是转身对秦杉说："秦先生，事到如今，咱们应该对彼此的实力都有所了解了。您应该明白，我能放你，也能抓你。我知道您武功高强，一般人不是您的对手，可您也替您父亲想想，他那么大年纪了，难不成要在山上躲一辈子？还有门外那个小丫头，我们要对她动手，也是易如反掌。所以我现在放您离开，是想向您表示一下我们的诚意，也希望您能对我们真诚一点，不要搞事情。我们信任您，就不跟您去找您父亲了，但藏宝图希望你尽快带回来交给我们。三天之内，我要见到真正的藏宝图，不然您，您父亲，还有门外那个丫头的安全，我不敢保证。就三天，到时候我会再请您过来。"

秦杉暗暗叫苦，但又说不出话，很快被林玉坤的手下带了出去，交给了梧桐。

等秦杉被人带了出去，林玉坤才对吴记说："这个老秦头身手已经如此了得，他老爹秦海石更是个传奇人物，当年在土匪窝子里都能混得风生水起，备受信任，绝对不是好对付的。如果我们被他引到他老爹的地盘上，还真不一定能占到便宜。不如拿他在乎的人来威胁他，门外那丫头的爷爷是秦家的大恩人，这老头子不会看着她被我们杀掉的。另外，既然你已经拿到了吴家祠堂的房契，全体吴家人也签了委托书，咱们还是先把祠堂的事儿料理清楚。"

吴记恍然大悟，点头受教。

31 侦查小组

看到吴记这么快就放人,梧桐还是有些惊讶。秦杉见了梧桐,什么话也没说,两个人快速回到紫气阁,邵大齐和吴豹已经在那里等着了。

今天中午,梧桐和吴豹回到紫气阁的时候,邵大齐已经在那儿等候了。他们对昨晚发生的情况作了分析,一致认为这个布局达到了预期的目的。第一,是吴记想得到吴家祠堂的继承权,因此,吴元的失踪和吴宣夫妇的死他脱不了干系,他敢赌咒发誓,最多说明这事不是他亲自动的手。所以还要找相关的证据。第二,吴记昨晚带去的五个人中,至少有两个是吴豹不认识的,也就是说,这两个人不是本地人,也不是吴记所说的民兵。吴豹认出那五个人中的一个是在吴家寨旅游公司做事的,那么就能确定吴记和林玉坤已经勾结在一起。从昨天杀人的场景看,这些人穷凶极恶,视人命如草芥,很明显是涉黑团伙。吴记不承认是他害死了吴元以及吴宣夫妇,那很有可能是林玉坤找人替他动了手。

昨天晚上他们敢公然杀人，一是因为被杀的那两个是外地人，是杨音若带来的，吴方现在退了休，已经没有能力跟林玉坤对抗；二是当场杀人的目的是为了震慑梧桐、吴豹他们，让他们乖乖地把委托书签了。

但是林玉坤这么快就把秦杉放回来大家也是有些意外，尤其是邵大齐。秦杉于是跟大家说了林玉坤的企图，他怕吓着梧桐，就没说林玉坤拿她的性命做要挟的事，只说林玉坤要的是藏宝图。邵大齐认为林玉坤老奸巨猾，必定还留有后手。但是不管怎么说，人回来了就是好事。

邵大齐收起一贯的嬉皮笑脸，严肃地对大家说："我已经取得了上级的同意，在这里向大家介绍一下我的真实身份。"虽然大家对邵大齐的任务都有些猜测，但是当邵大齐真正解开谜底的时候大家还是吃了一惊。简短介绍完情况之后，邵大齐接着说，"林玉坤以为他占了上风，但是他没想到，上级已经同意我的方案，本地公安机关也安排了可靠的人配合我们，我们就要对他和他背后的犯罪集团展开行动了。咱们成立一个临时小组，把吴家祠堂、秦林世仇以及林玉坤这个古玩走私销赃集团的事绑在一起解决。"

众人听了，都兴奋地点头。秦杉更说："警察同志，你就说说你的计划，咱们大家都听你安排。"

邵大齐表示了感谢，然后又说："吴家寨最近发生的很多事，都跟林玉坤的旅游集团有关。我们要尽快找到他们窝藏赃物、销赃走私的证据。只要拿到了证据，咱们就可以把他们一锅端，到时候你们的问题也能迎刃而解。"

看着大家点头，邵大齐继续说："大家一定要注意，寻找证据的过程一定要小心保密，如果打草惊蛇，恐怕会导致他们把证据转移。"

梧桐、吴豹和秦杉三个人互相看看，梧桐说："这次行动涉及的人这么多，万一还是不小心暴露了怎么办？"

邵大齐说："我们也要以防万一，做好准备。我们能做的就是堵住他们可能转移赃物的去路。路上的事情刘刚局长会负责，最关键的，是地下和山上。如果他们把赃物藏在某一个山洞或者山上什么地方，就像当年土匪一样，我们就难办了。"

吴豹自告奋勇地说："地下我来盯着，这卧龙山的山洞地道我是跑得熟熟的了。"

秦杉说："那我和我家老爷子就管山上的。"

梧桐看了邵大齐一眼，问："那我干什么呀？"

邵大齐瞄她一眼，忍不住又开起了玩笑："你去当卧底吧。"

"什么？不行，那太危险了！"秦杉和吴豹都着急起来。

邵大齐哈哈笑了起来："开玩笑呢。梧桐有两个重要任务。第一个是帮我们做好吃的。"大家听了都笑，梧桐嫌他不正经，扭过头不理他。邵大齐接着说，"第二呢，就是你做我们的通信中心。到时候我们所有人的信息都往你这儿汇聚，还包括公安局的，你差不多就是临时指挥中心啦！"

梧桐听了，反嗔为喜，说："真的吗？我怕我担不起这么大的责任呢。"

邵大齐说："不怕不怕。还有我呢。"

吴豹在一旁忽然说："大齐哥，万一我们找不到证据怎么办呀？"

邵大齐一笑，还没说话，就听见有人在急切地砸门。

说是砸门而不是敲门，是因为一听就知道，这个人是在用拳头咣咣锤门，好像有十万火急的事情一样。

秦杉从门缝里往外看了看，好像愣了一下，接着他连忙把门打开了。

外面那人匆匆进来，梧桐定睛一看，大惊失色！

屋中四人，认识这个人的只有梧桐和秦杉。他们吃惊，是因为这个人正是前几天被传掉下悬崖的刘德建！

邵大齐和吴豹不认识他，都站起来挡在梧桐身前，一脸警惕。

此时的刘德建胡茬浓密，原本的平头长了一点，乱糟糟的。他还背着个大登山包，满身都是泥土。他好像没心思搭理别人，只对梧桐说："吴老板，先给整点吃的成不？"

梧桐如梦初醒，刚要问："你怎么……"又反应过来现在不是说话的时候，忙点点头，"好好好。"这会儿已经是晚上十点多了，她说了句："你先坐着，我去给你拿个方便面。"。说着"噔噔噔"跑下楼去，两分钟之后，又"噔噔噔"跑了回来，左手提着一个暖壶，右手拿着一只大碗，右胳膊下夹着一包方便面。

她把大碗放到桌上，三下五除二撕开方便面的包装，把面和调料都放到大碗里，用暖壶往里倒了些开水。刘德建饿狠了，没等方便面完全泡好就端过来咕咚咕咚喝了几大口汤，然后就开始呼噜呼噜吸面条。

梧桐看他根本顾不上说话，就向吴豹和邵大齐介绍了他的身份，以及大家都以为他摔下悬崖身亡的事。等她介绍完，刘德建已经干掉了那一碗方便面，抹抹嘴，看着梧桐，指着吴豹和邵大齐："他俩是谁？"

刘德建认识秦杉，知道他是住自己隔壁的客人。但是这个老头平常一副迷迷糊糊的样子，他也没放在心上，倒是吴豹和邵大齐两个年轻人让他心有戒备。

迎着刘德建的目光，邵大齐掏出了警徽和证件给刘德建看，说："我是警察，从北京来的，为了调查你坠崖的事还有本地的走私案件。"他说的"坠崖事件"纯粹是临时胡编，为的是在最短时间获得刘德建的信任，之后他说"走私事件"，说得比较含糊，只是希望能从失踪一星期的刘德建嘴里得到更多的线索。

没想到刘德建立马说："走私？是不是文物走私啊？"

屋里四个人全愣了："咦？你是怎么知道的？"

刘德建说："我看见文物了啊！"

邵大齐蹦起来："什么？你在什么地方看见的？"

秦杉按了按邵大齐的肩膀，又按了按刘德建的肩膀，说："大家别急，别急，慢慢说。小桐，去把房门关好。"管梧桐叫"小桐"的，除了已经去世的父母，秦杉是唯一的一个。梧桐眼睛有点热热的，起身把门关上了。

刘德建吃惊地看了一眼秦杉，嘴里说："你，你？"

秦杉一笑："我的事儿不着急，以后再跟你说。说说你是怎么回事儿吧。我们这些人都以为你摔下悬崖没命了，你弟弟都回去给你办丧事了。"

想起弟弟，刘德建苦涩一笑，然后说起这一个星期的经历。

32
刘德建讲的故事（二）

那天听李怀鹏讲吴家祠堂的故事，我没怎么放在心上。我当时就挂着两件事。第一是上山给山上的老秦送点东西，顺便拿点"好货"回来；第二是想在吴家寨山底下的山洞地道里再找找，看看能不能再发现一些宝贝。至于李怀鹏跟着，我倒并没有在意，因为每一次都是我单独行动，我弟要求过很多次，但我不愿意让他冒险。有李怀鹏这么一个伴儿跟着，其实也挺好的。没错，我这人贪财，我不是白帮老秦干活的，每次都会管他要东西，但我不是个坏人啊，我问李怀鹏吴家的故事纯粹是出于好奇。我带他上山就是为了有个伴儿，就这么简单。

李怀鹏说好像听到了一声枪声，那确实是有人开枪了。

当时我俩正走过那一道好像人工刚开凿不久的通

道，看见亮光之后，李怀鹏可能是害怕了，不敢往前走。但我没想那么多，远远地走在他前面，一直走到有灯光的地方。我看见那是一个很大的山洞，应该是精心装修过，地面很平整，墙面上挂着不少画，看着很讲究，就跟电影里面的古墓一样。我正打量着，就听见有一个男人的声音，很低沉，说："谁？"我估计李怀鹏在后面离得远没听见，但我听得真真的。我二话不说撒腿就跑，李怀鹏看我跑也跟着往回跑。我快跑到通道口的时候，后面"砰"的一声，我感觉后背上就像被石子砸了一下子，生疼，还以为中枪了，但是摸了一把没有血，也没伤着骨头。我脚步都没停，一直朝李怀鹏那个方向跑，也没听见后面有人追上来。

从卧龙亭附近的洞口出去之后，我没把看到的那些告诉李怀鹏。我承认我是有私心，我想着那可能是村子里谁家盖的地下室，里面除了字画，还能有些别的什么小东西。毕竟吴家寨曾是个土匪窝，元宝铜钱的出过不少，没准儿哪天我再去，能让我"捡到"点什么呢？我这人就是太贪财，唉。

就这样我们回到了山上，找了一处僻静地方吃了点东西，然后我就让李怀鹏在那儿等，自己继续向上攀登。到了断崖下，老秦的山鹰发现了我，山上的大熊就把绳子放了下来。这一回，我给老秦带了一些药品。

老秦给了我几块银元，我拿着就下山了。找到了李怀鹏后，我俩就往卧龙亭方向走。走到那个地方的时候，我内急，就跟李怀鹏说，你先回紫气阁吧，我撒泡尿就来。李怀鹏听了就往回走，我就走到那个木栅前解开裤子撒尿。不成想就在这个时候，背后一只大狗扑过来。这一扑并没有把我直接扑进悬崖，我的一只脚堪堪顶在固定木栅的一根立柱上，回身跟恶狗搏斗，然而就在这个时候，另一只恶狗猛扑上来，我被它撞得带包一起跌下山崖。现在回想起来，我感觉这两只狗的配合简直就是天衣无缝，一定是经过高人训练的。另外，在另一只狗把我扑进悬崖的时候，我感觉那只狗的身体已经跟着飞上半空，但是当我坠落的时候，那只狗的身体却停滞了一下，然后就再没看见下来。

因为有那个大背包，我掉下悬崖后被一个树枝挂住，那个树枝也不粗壮，承受不了这样的重量，很快就被折断了。好在这么一缓，让我从惊慌中反应过来，毕竟是有这么多年的登山经验。在还没继续下坠的时候，我飞快地抓住了另一个树枝，努力爬到了一个稍微粗壮一点的树杈上。喘了口气，定了定神，往上看，一线天，不知道有多高；往下看，黑乎乎的，不知道有多深。我把手伸向口袋，才发现刚才坠落的时候，衣服口袋里所有的东西：钱包、墨镜、手机等都已经掉进了悬崖。喊了几声，感觉自己像是在一个深深的容器里面，那声音连五十米都传不出去。看看天，马上就要黑了，我焦躁起来，靠近崖壁，想凭着自己的登山能力爬上去，但是，找不到一个地方可以站稳，好拿出背包里的登山装备。

就这样我沿着岩壁移动,在离开坠崖的地方大约有一百米的时候,忽然发现了一个可以落脚的地方,努力站上去,后背紧贴着崖壁,向右前方挪了几步,居然发现脚下宽阔了不少,摸着石壁的右手突然一松,我扭身一看,赫然是一个山洞口。

进了山洞,我从背包里掏出手电,照了照,发现这个洞居然貌似有人住过。再往里走,果然发现有人住过的石床,床上还有被褥,在一个更小的山洞里,还发现从山顶上滴下来的山泉被地上一个石槽接着。我很高兴,有了水,一时半会儿就不会死。

找到一根蜡烛,我点着了,喝了口水,坐下来想下一步。

背包里的登山装备可以拿出来了。从进来的洞口出去登山回去不是没有可能,但是就刚才的观察,难度和风险非常大。就算尝试,也要等明天天亮。于是把心思又放回到那个地下室和两只恶狗上。

这两只明显训练有素的恶狗为什么要害我?我完全没有头绪。但是有一点毋庸置疑,就是外边的人一定会认为自己死了。这件事儿想想都觉得挺好玩儿。那么好,就跟他们玩儿玩儿,暂时住在这里,找一找另外的出口。这样一个山洞,刚才进来的地方绝对不可能是正常的出口,最多算一个"窗户"。我这人有时候就仗着自己是专业运动员,有点自负,天不怕地不怕的,完全没想过这次要面对的是些什么样的人。

　　山洞的"正常出口"没有像我预想的那么容易找到。凭着自己这么多年对吴家寨地下的认知，我用了差不多两天的时间，才找回到自己熟悉的一条地道，中间还差点因为走进一条死路而跌下深渊。找到这样一条地道，自然就等于找到了出口。找到出口之后，我做的第一件事儿就是抹了花脸晚上去吴家寨的各家民宿酒店的厨房走了一遍，除了紫气阁。在这之前，我都是靠着自己背包里不知什么时候留下的一包压缩饼干当饭吃的。带回来足够的食品之后，我决定在山洞里住下去，看看自己到底是被谁害的，为什么。我也曾经想过出去先回县城看看德生，后来想想，还是不去的好。第一，德生从小跟着我，没有经历过什么难事儿。这一回让他历练历练也没什么不好。第二，不能因此暴露了自己，毕竟一个"死人"更好行事。

　　又花了差不多半天的工夫，我终于找到了那个新挖的通道。这一次，我没有像上次那样鲁莽，而是蹑手蹑脚地钻了进去，背后的腰间插着一把登山用的小镐头，作为临时防身用的武器。说起武器，我到今天也不明白，那天我听到的那一声到底是不是枪声，自己明明中了一"枪"为什么啥事儿没有。

　　一点一点地摸进去，过了通道，看见了前面的灯光，再往前走了几步，听见有人说话，赶紧找一块石头隐住了身形，然后就看见一个黑影慢慢地向自己移动。

走得近了，看见那人手里果然端着枪。我这一下吃惊不小，拿着枪的保安？这他妈的到底是什么地方？

等到那个端枪的人走了，我再也不敢停留，立即穿过通道逃离。等到觉得安全了，忽然心生一计。走到一个出口，找出一张纸一根笔，再下去，朝那个通道的方向走。一路走一路记下经过的途径。等到天黑，又从那个出口出去，试图沿着同样的路线再找一遍，这样就能确定那是谁家的"地下室"。然而，没走几步我就发现自己错了，不是因为天黑，而是地下面有路，地面上却都是山林，完全无路可寻。计算了半天，我终于得到了一个结论：那个"地下室"，一定是在吴家寨村子里。之后自己又摇头，这种结论有个屁用啊。

我是那种犟脾气的人，下决心要搞一个水落石出，就绝不会半途放弃。之后，我多次去那个通道侦查，终于在那一天的晚上，不知道为什么没有持枪的保安出现，我于是摸近了那个石屋，里面有灯光，有人说话。说的什么听不太清楚，但是其中一个人的嗓音听得有些熟悉。屏住呼吸，认真想了半天，忽然想起来，这个公鸭嗓就是住在紫气阁的律师冯坤定！

我大着胆子凑近一些。就听冯律师说："我们老板还是想要全幅的《溪山积雪图》啊。"另一个人说："冯律师，上次就跟您说了，'积雪图'的另外一半《草书雪诗》早就到了香港了，是另外的买主买走了。"

冯律师叹口气："真要是这样，也就算了吧。那另一半,还有我要的货,什么时候能够备齐啊?"

另一个人说:"不好说啊。这一段时间风声很紧,不敢往外走货啊。"

冯律师有点不高兴:"还要我等多久?我都在这小村子里等了一个多星期了,丁队长,你们是怎么做事的啊?"

那个丁队长赔着笑说:"您息怒。咱们这碗饭不是这么好吃的,您要的那些可都是文物啊!您也是做大生意的,知道好事多磨的道理。这样,我待会儿让人给您送几瓶上好的酒,您带回去慢慢品尝,多盘桓几日,我一定把您的意思转告蒋总,尽快给您办好。"

冯律师嘟囔了一阵,不情不愿地说:"好吧。要是这样,我再等五天,到时候不管齐不齐,我们都交钱走人,有多少算多少吧。"

两个人说完走出石屋,灯却没关,我大着胆子走近,在一个小窟窿里朝里看看,发现里面很像是博物馆的摆设,墙上挂着各种各样的字画,地上一溜儿玻璃柜,柜子里摆满了各种玉器、瓷器、石头什么的。那些东西一看就很值钱,因为柜子上面还按着摄像头,下面还拉着跟电线一样的隔离带,就像电影里一样……我看得正入迷,就听见有脚步声,好像是有两个人走下来了。其中一个人嘴里还念叨着:"妈的倒霉,这是吃什么吃坏了肚子老是拉稀。今天应该让老高来替班才是。这些王八蛋,到了分钱的时候就跑得比兔子还快,到了值班的时候就把老子往前面推。"

另外一个劝说他:"李哥,少说几句吧,让丁队长听到了又说咱们偷懒。"

那个李哥好像喝了点酒,反而更大声了:"去他妈的偷懒!这上面又是电网又是摄像头,还怕人来?我看就是存心不让我们哥们儿歇歇。也不上道儿打听打听,老子是谁?老子号称'铁腕无敌',单手扔石子儿比他们开枪还准!哪天老子把这下面的炸弹给他点着了,他们眼里才知道我老李呢……"

另外那个人不等他说完就赶紧捂上他的嘴,埋怨说:"李哥消停会儿吧,你那天该开枪不开枪,要不是老板那两条狗,说不定就坏事了,连我们都跟着落埋怨。你再这样我可不敢跟你一个桌上喝酒了,你不要命我还要呢……"

33

夜 审 冯 坤 定

邵大齐听到这里,打断了刘德建的讲述,神情非常严肃地问:"炸弹?你没听错。"

刘德建说:"我当时吓得要命,耳朵竖得比兔子还直,听得真真儿的。"

邵大齐又让他把这两人的对话重复了几遍,然后才让他继续讲下去。

我见那两个人说得热闹,就悄悄地撤了,幸好没被他们发现。从他们的话里我知道,那天是我中了这个老李扔的石头,又被他们养的狗攻击,幸亏命大,这才没摔死在山崖下。

昨天晚上是中秋,我又来了,这一次保安从两个变成了三个。我看没有机会,就顺着地道从卧龙亭西面的洞口走了出去,原本是想透透空气,不成想出了洞口没走几步，就有几个黑影跟着扑了出来，我吓得往深草里一蹲，还以为被他们发现了。结果听见其中一个人低声喝道："不管是谁，尽量抓活的，抓不到就开枪！"又等了一会儿，就听那个低沉的声音说："算了，丁队长叫我们过去先办正事儿。这小子一会儿还会出现，跑不了。"

等到完全没了声音，我才往洞口方向蹑手蹑脚走去，快要走到洞口的时候，就听见卧龙亭方向传来两声枪响。

邵大齐插嘴说："是了，这就是吴记带的人打死杨音若的两个随从，就是这个时候。围攻你的，应该也是吴记带的那些人。"

梧桐等人都点头说对。

刘德建听邵大齐跟他三言两语讲了那天的事，恍然大悟，继续讲下去。

真正的枪声把我吓坏了，我不知道这些人是不是冲着我来的，也不知道那个人嘴里说的"正事儿"是什么，为什么他说我"还会出现"。现在才知道，那些人是把我当成吴家的人了。

回到山洞，刘德建躲了一天没敢出来，到了晚上，觉得自己不能再这样冒险。那些人干的可是走私文物的勾当，手里还有枪，简直就是一伙儿杀人不眨眼的强盗，如果他再继续瞎闯瞎钻，很可能小命都会丢得不明不白，于是他决定返回紫气阁。等到夜深人静，这才出现在梧桐的房间，发现邵大齐是警察之后，就把自己的经历原原本本说了一遍。

听了刘德建的讲述，大家兴奋不已。邵大齐说："证据在什么地方咱们都知道了。但是根据德建的听闻，那祠堂下面很可能是埋伏了炸药的，林玉坤老奸巨猾，他在吴家寨潜伏了这么多年，我相信他肯定是留了后招。这样我们的行动就要更加谨慎，如果到了危急时刻，宁可放弃行动，也不能把'狗'逼急了。那可都是文物！"

大家都点头赞同。吴豹唉声叹气地说："事情倒没有多复杂，就是因为要保护文物，搞得束手束脚。"

梧桐拍拍他的肩膀以示安慰，又说："我倒想起来一件事。"说着就把冯坤定经常晚上在灯下看画的事告诉了大家。邵大齐听了，眼神狡黠地问："你是怎么知道的？"

梧桐一下子就听出来，邵大齐已经知道她在房间里安装摄像头的事，脸腾地红了起来，却没有承认，而是瞪了邵大齐一眼："怎么知道的我以后会告诉你的！你先说这个情况有没有用啊？"

邵大齐赶紧点头："有用有用！"然后说，"那个冯坤定还住在303吗？"

梧桐下意识地看了一下303室的方向，有点担心今天晚上的动静会不会已经惊动了他，然后小声说："在呢。"

邵大齐看出了梧桐的担忧，迅速做出了决定："梧桐、德建、秦大爷，你们仨先走，到下面的紫气东来洞等我们。吴豹，跟我去抓冯坤定。"

吴豹兴奋地答应一声："是！"

秦杉摇摇头说："我跟你们一起吧，以防万一。"邵大齐明白秦杉的意思，他是怕冯坤定万一狗急跳墙，以他的武功能够保证不出差错。邵大齐没有犹豫，说了声："好。"

冯坤定所在的组织，是销赃走私的下一环，也就是把赃物换成钱。表面上，他们是正经的商人，拿钱买东西，到哪儿都堂而皇之。至于买到的货怎么走私出境，是他们下家的事儿，他们不知道也不关心。

吴家寨这条通路，已经用了几年。为了安全，老板每一次总是派不同的人过来。现在通信发达，用不着对暗号，只要发个微信给张照片，别人绝对冒充不了。经常换人是为了避免在这个地方被人怀疑。这一次，就是冯坤定。

冯坤定这次的任务有点艰巨。因为之前他就负责买一些字画、玉器这种方便携带的东西，很安全，但这次来，老板给他的任务单长了很多，里面有很多文物还没有运过来，这也是为什么他一直在吴家寨等的原因。

梧桐担心的事情没有发生，冯坤定正高枕而卧，睡得正香。虽然紫气阁的房契、文书、命案把警察都惊动了，但是人们的注意力都放在这些事情上，他反而更安全了，没有人会关注他的行踪。这几天他就装成一个普通的游客，到处散步赏景，品尝野味，乐在其中，心里暗暗有种"任凭风浪起，稳坐钓鱼船"的得意之情。

刘德建敲305的门的时候，冯律师隐隐听到了动静，翻了个身继续睡。但是没一会儿，他都不确定是做梦还是真实，就听见门被踹开了,身上的被子也被掀开,一个人站在床前对他说:"起来,我是警察!"

冯坤定猛地惊醒,条件反射一样从床上跳起来,正要夺路逃跑的时候,膝盖上挨了秦杉一腿,颓然倒地,嘴里兀自叫了一声:"你们有逮捕证吗?"

邵大齐"嘿嘿"一笑,说:"谁说逮捕你呀?我们就是请你去问点事儿。"

冯坤定强装镇静,在枕头边摸索了一下,拿出眼镜戴上,看着邵大齐,心虚地问:"去,去哪儿?"

秦杉不管那些,把他胳膊往后一拧,说:"去了你就知道啦。"

在下去紫气东来洞的路上,邵大齐给刘刚打了个电话。

紫气东来洞里,冯坤定坐在一张椅子上,刘德建和吴豹站在他身后,邵大齐、秦杉和梧桐坐在对面。

邵大齐说:"咱们明人不说暗话,也不绕弯子,你就直接说,这一次你来吴家寨是什么任务,跟谁联系,这几天都干了什么,好吗?"

冯坤定叫起来:"你这是审讯!我是律师,我有权……"

邵大齐呵呵一笑:"是啊,你有权不说话。哦不对,是,'你有权保持沉默'。"说着扭头问梧桐,"看过美国警匪片没有?后边怎么说的来着?"

梧桐给他个白眼,心里说:"这个人,什么时候都能开玩笑。"没理他。

邵大齐也不尴尬,继续对冯坤定说:"唉,你是律师,你还不明白？那些事儿你不说我们也不是不知道，但是你知道你说出来和我们说出来对你最后判决的差别有多大吗？既然请你来了，我们找到证据就是早晚的问题了。"

这句话起了作用。冯坤定虽然在犯罪集团，但也不过是个跑腿的，没杀过人，没动过枪，如果将来有一句"积极配合警方破案"的评语，可以减少不少刑罚。这一点，作为律师他太明白了。他想了想说："好。我说。"

冯坤定这一次的任务是从吴家寨带走一批货，他交出了老板给他的那个清单，说他并不知道这个清单的来历，老板给他的任务是在吴家寨等货齐了一起带走。

邵大齐心里很是惊喜，这个清单很重要，上面有一些字画确实属于文物。只要能确定吴家寨有这些文物，就有可能顺藤摸瓜，找到销赃集团的上游和下游。这可是意外收获。

邵大齐问："在吴家寨，你跟谁联系？"他期望的答案是林玉坤。

但是冯坤定却回答："蒋慧来，就是吴家寨旅游集团的财务总监。"又补充了一句，"他们林老板在北京，不在吴家寨，我们还没见过。"这一点他倒是不知道，就算林玉坤在吴家寨，也不会让他们这些买家看到的。

邵大齐"哦"了一声，继续问："他们把货放在什么地方？"

冯坤定说："就在吴家祠堂的地下。那儿有很多个地下室。"

邵大齐跟对面的刘德建对了个眼神儿，再问："从哪儿可以去到地下室？"

冯坤定说："我们每次是从林玉坤的办公室里。有一条密道。"

邵大齐点点头，问："那你什么时候跟这个蒋再见面？"

冯坤定说："前两天见过了，我说再等五天，到时候有多少货交多少钱，拿了就走。"

邵大齐说："那你这两天没去盯着，他们不会怀疑吗？"

冯坤定说："不会。因为是他们欠货，他们觉得理亏，不会催我的。"

邵大齐说："好。你恐怕要换个地方了。"说着向吴豹和刘德建示意。两个人架起冯坤定，走出紫气东来洞，朝进山公路边上的那个洞口走去。

刘刚准时到达凤饮河边的小桥头。见了面，刘刚打趣说："你这位同志，每一次都搞到深更半夜。"

邵大齐笑笑："不好意思，让局长大人辛苦了。"

刘刚扬扬手："得了吧。咱吃的就是这碗饭。"

冯坤定被押过来，邵大齐说："你不是要逮捕证吗？他手里有。"说着指指刘刚。

冯坤定一言不发，上了刘刚的吉普车。邵大齐和刘刚又嘀咕了一阵，刘刚才开车掉头走了。

34
山 雨 欲 来

这一次林玉坤来到吴家寨,并不完全是因为秦杉的被抓和藏宝图,还有一个更深层次的原因是林玉坤在北京感觉到一丝危险。这就像是山里的一只老虎,嗅到了猎人的味道一样。虽然表面上看起来什么都没有发生,但是那种感觉确实越来越强烈。

前两天,财务总监蒋慧来说,买家要的一批货里,还有几件没从北京发出来,算来已经是延误了两个星期,林玉坤没有去问,他知道,问也只有一个结果。对方一定说:风声太紧,不能贸然行动。

香港警方已经动手了,赃物出去之后的走私渠道已经开始遭到打击。虽然说香港廉政公署也有介入,但林玉坤在香港的那帮子"朋友"没有被波及,大家还是松了口气。但是北京的形势却是一天比一天紧,是猎人们要开始收网的感觉。

对于可能要发生的事情,林玉坤早就开始做万全的准备。现在这年头,不管什么事儿都讲究个证据。不管上下游说什么,只要没有足够的证据,没有人在吴家寨发现那些赃物和现钞,就没法指认他的犯罪行为。因此,真要到了紧要关头,无非是两件事:第一,尽可能把赃物转移。当年他爷爷林云南能把自己的金银财宝藏到这卧龙山下,六七十年都没有人发现,难道他就做不到吗?第二,如果到时候万一来不及,那也只好保命要紧。他早就在贮藏赃物的那个山洞下面埋好了大量的炸药,大不了就把这吴家祠堂连带吴家寨炸个底朝天,到那个时候,还会有什么证据?你说为什么会爆炸?简单啊,当年土匪在村子下面的山洞里留下来很多炸药,有人不小心给引爆了不行吗?

林玉坤鼻子里哼了一声,暗暗给自己点了个赞,这点事儿,能难得住我?到那个时候,只要拖住时间,再找关系运作一下,保证一天云彩都散了,啥事儿没有。

这些事儿到了时候再说吧。倒是寻找秦海石,拿到藏宝图的事儿不能再拖了。他拿梧桐那个丫头的命威胁了秦杉,相信秦杉不会无动于衷,但是以逸待劳不是林玉坤的作风,他一定要做两手准备,保证万无一失。想到这里,林玉坤忽然心念一动,开口叫道:"小赵,让老丁来一下。"

秘书赵倩在门外答应一声,几分钟后,一个壮硕的男人走进来,正是那天袭击秦杉的人之一。他叫丁行,白天在公司里是保安队长,背地里是林玉坤的保镖和打手头子。

丁行走进来,对林玉坤鞠躬行礼:"老板,您找我?"

林玉坤道:"老丁,你会玩儿无人机吗?"

丁行摇头:"无人机?没玩儿过。"挠了挠头,又说,"不过,市场部几个小青年可能会。"

林玉坤挥挥手让丁行下去了，又叫赵倩找来市场部总监，最后终于找到两个会玩无人机的年轻人，然后惊奇地发现，其中一个叫梁定芳的男孩子，居然还是个中高手，在上大学的时候在什么无人机比赛中得过奖。

林玉坤把梁定芳和丁行又叫过来，给他俩下达了一个任务："从今天开始上山，高空搜索秦海石，一旦找到踪迹，立即带人围捕。"两个人领命去了。

林玉坤在沙发上坐下，想着下一步的安排。门外忽然传来两声狗叫，就见两只大黑狗迈着小碎步欢快地从门外跑进来，一路汪汪叫着。进门看见林玉坤，它俩立即扑上来。林玉坤伸出两只胳膊，一边揽着一只狗头，左看右看，高兴地说："大黑小黑，这两天你们跑哪儿去啦？还真想你们。哦对了，听说你们俩前些天还立了一大功啊？"

跟在两只狗后面走进来的一个矮壮汉子接口道："老板，大黑小黑真的厉害。那天发现山洞有人闯入，小法子用猎枪把您给的那玩意儿打在那个人背后，然后回来叫大黑小黑，这两个家伙硬是从地道跟踪那气味儿到卧龙亭，后来发现那个人上了山，我们就等在卧龙亭不远的林子里。下午有两个人下山，大黑小黑就认出来了。后来其中一个人单独走了，大黑小黑就把那个人扑到山崖下去了。"

林玉坤爱怜地摸摸两只狗的脑袋，抬起头问刚才说话的人："杨超，查清楚那个人是谁了吗？"

叫杨超的矮壮汉子回答说："回老板，查清楚了。这个人叫刘德建，是县城里开健身房的。这些年他经常来吴家寨，山上地下到处乱跑说是寻宝,据说也真挖出来一些什么民国时期的银元什么的。"

"哦?"林玉坤忽然有了兴趣,"民国的银元?恐怕不是挖出来的吧?"

杨超一愣,不知道为什么老板有此一问,一时答不上来。

林玉坤挥挥手,让杨超退了下去。他摸着黑狗身上软绒绒的皮毛,陷入了沉思。

不知道过了多久,忽然,长腿短裙的秘书赵倩进来,对沙发上的林玉坤说:"老板,张县长来电话了。"

沉思中的林玉坤一时没反应过来,随口问:"哪个张县长?"

赵倩一笑:"分管治安工作的张禹张副县长啊。"

林玉坤醒过神儿来,立马从沙发上跳起来,从赵倩手里接过手机,嘴里说:"啊呀,张县长,咱们真是心有灵犀啊,我这刚得到两盒上好的巴西雪茄,刚到了吴家寨,还说晚上给您送过去呢,您就打电话来了。"

电话那一端,张禹的声音却不是那么有精神:"林总您可真客气。现在都什么时候了,我可没有心情品尝雪茄啊。"

林玉坤忙问:"县长有什么烦心事可以跟小弟说说,没准我还能帮上忙呢。"

张禹苦笑着说:"我这烦心事,还真跟你老弟有关啊。"

两人嘀嘀咕咕地说了好一阵,林玉坤才挂上电话,一副心烦意乱的样子。

他紧皱眉头仰卧在沙发上,过了好一会儿,坐起来喊了一声"小赵",对匆忙进门的赵倩说:"你去把村支书叫过来吧。"

虽然昨天晚上几乎又是折腾了一夜,邵大齐早上还是早早醒了,脑袋瓜仍然处于兴奋状态。他起来洗漱完毕,然后下楼去吃早餐。梧桐正坐在大堂里,身上穿着一袭淡青色长裙,脸上明显化了淡淡的妆,脸蛋越发显得精致,一头长发瀑布般披散下来,跟之前的丸子头、看起来有点男孩子气的打扮相比,淑女了很多。早上小美看见梧桐都觉得有点奇怪,因为这一年多以来,她从来都是素面朝天的。

"女孩的心事男孩你别猜……"邵大齐心里忽然冒出来这么一句歌词。他微笑着跟梧桐打招呼:"早啊。"

梧桐却没有回一句"早安",而是很俏皮地说:"你挺勤快的嘛。昨晚睡那么晚,今天起得倒挺早的。"话一出口,忽然觉得自己有些莽撞了,生怕被别人听见,忙左右看了一眼。其实大堂里并没有别人,小美在厨房帮王婶做饭。但她仍然不好意思起来,脸上浮现出一抹动人的红晕。

邵大齐认识梧桐以来,还是第一次见她打扮得这么漂亮,又是很少见到她这种娇羞姿态,所以竟然一时看得入了迷,发起呆来。梧桐见他怔怔地看了自己半晌也不说话,不由更加羞急,嗔道:"说话啊!看什么看?我脸上有花儿啊?"

邵大齐这才回过神来,为了掩饰自己的失控,刚想说点什么,立刻被梧桐拦住了:"打住,千万别说我像谁。我谁都不像,我就是我。"

邵大齐心里又是一惊,赞叹:"牛!我差点走了老套路。"然后心思飞快地一转,"那是!这世界上有几个人能跟你像?你以为满世界都是美女吗？"

梧桐"扑哧"笑出声来，说："我说警察大人，你在外边这么皮，嫂夫人知道不？"

邵大齐听了这话，自然知道对方的心思，不禁心花怒放，却没有着急表白，而是悠悠地说："嫂夫人？我说梧桐妹子，我还指望着你给我介绍一个呢。"

这回轮到梧桐心花怒放了，但嘴上却一本正经地说："真的啊？那你要什么条件的啊，跟我说说。"

邵大齐看向梧桐的眼睛，一字一句，十分认真地说："就要你这样的！"说着，把双臂张开，闭上眼，等待对方投怀送抱的样子。

梧桐原本就心中荡漾，听着这个冤家说出这么直接的话，还张开了双臂等着自己，不禁满脸娇羞，站起身，没有投入邵大齐的怀抱，而是在他的脸蛋上轻轻吻了一口，然后，飞也似的跑回自己房间去了。

邵大齐一个人站在那里，不知愣了多久，小美笑嘻嘻地从厨房那边走出来，对邵大齐说："三天不许洗脸哦！"

邵大齐的脸腾地一下变成一块红布，指着小美说："你，你偷看！"转身也跑上楼了。

小美大跌眼镜，说了句："我的天！这是闹的哪一出？"

35

围 山

因为这一出"意外之喜",邵大齐和梧桐两个人都没好意思下楼吃早餐。邵大齐回到房间,用了好长时间才恢复了心情,心里还把自己鄙视了半天。本来就是,都三十岁的人了,也不是没恋爱过,怎么就表现得那么没出息?难道真的就像人说的,恋爱中的男人都是智商为零、简直像白痴一样吗?

平静下来之后,邵大齐把这几天发生的事情在心里理了理。

从刘德建的证言和冯坤定的交代已经可以断定,林玉坤的旅游公司就是销赃走私中的重要一环。于是,邵大齐给上级写了一份报告,并且提出了下一步的计划,然后下楼吃了午餐,回房间呼呼大睡。到了下午四五点钟睡醒了,看见上级的回信,批准了他的方案,一时睡意全消,招呼梧桐、吴豹、秦杉、刘德建和李怀鹏到自己的房间。

紫气阁出了两档子事儿之后,基本上就没有新的游客来住。况且,中秋节前后本来就是淡季,因为大家都回家团圆去了。偶尔来一个两个，也被安排在东来阁。在冯坤定被带走，杨音若落到吴记手里之后，紫气阁里就剩下他们几个，正好就成了邵大齐的临时作战指挥部。当然了，在此之前，邵大齐让梧桐把各房间里的摄像头都拆掉了。邵大齐威胁梧桐说：你要是再不拆，我就天天在房间里给你上演"裸体T台秀"。

傍晚的时候，大家都来到了邵大齐的房间，邵大齐看了看大伙儿，直截了当地把情况告诉了大家，并且把自己计划的一部分也跟大家说了，另一部分没说是因为还不到时候。大家都摩拳擦掌，准备战斗。

邵大齐计划的第一步，就是今天晚上夜探吴家祠堂。这一次的侦察任务，最主要的，是要把吴记在祠堂的地下情况摸清楚，关键点是要搞清楚吴家祠堂的地下有几个通往外界的通道以及布防的情况。一是为了能够在下一次侦查的时候知道从什么地方进入；二是在犯罪嫌疑人转移赃物或者逃跑的时候堵住他们的所有退路。吴家寨的山洞地道太复杂，犯罪团伙的人又多，一旦走脱了一个两个，后患无穷。从刘德建的叙述中，邵大齐敏锐地察觉到林玉坤集团很可能在吴家祠堂地下室下面布置了炸弹，为防止他们狗急跳墙引爆炸弹跟文物同归于尽，还要小心行事，绝对不能被他们发现警察已经在查他们了。所以邵大齐郑重要求大家一定要谨慎对待。最后的决定是刘德建带着邵大齐、李怀鹏走已知的那条通道，吴豹、梧桐和秦杉去寻找其他的通道。邵大齐告诉大家，这一次不是取证，所以除了要保证自身安全，也一定不能惊动他们，不要打草惊蛇。

午夜时分，两个小组从紫气东来洞出发，奔向不同的方向。

有了刘德建之前画的那张图，邵大齐的小组很快到达那个通道口。果然，里面的警戒明显加强了，原来只有一个人，现在换成了三个，三个人轮流警戒，就算到了下半夜两三点钟，也没有懈怠。邵大齐看着无机可乘，就悄悄地退回紫气东来洞。

另一个小组到快天亮了才回来。凭着吴豹对吴家寨地下的熟悉，找到了另外一个吴家祠堂地下室的出口，这个出口是在村西的超市后墙，从吴家祠堂走到这里大约需要半个小时的时间。接近吴家祠堂的地方，有一道紧闭着的门。

当天晚上，邵大齐和吴豹又下去一趟，发现了另外一个通道，但它的尽头是当年被政府堵死的若干危险通道之一。

大家会齐之后，交流了一下情况，各自回房间休息。

一辆黑色奥迪车缓缓地从吴家祠堂开出来，驶上了出山的柏油公路。过了隧道，还没有出山谷的时候，被两个持枪的武警拦住去路。车上只有司机一个人，是林玉坤的手下杨超。

杨超下了车，对武警叫道："你们是哪儿来的？没看见这是林总的车吗？"

两个武警没有答话，路边走出来两个警察。其中一个年龄大点的笑嘻嘻地对杨超说："哟，是超哥啊，抱歉抱歉，您不知道这几天县里正在严打非法捕猎吗？所有出山的车辆都要检查。"

杨超把眼一瞪："什么？我不管你什么非法捕猎合法捕猎，这是旅游公司的车，是林总的车，不能查。"

警察看软的不行，也把眼睛一瞪，说："对不起，我们是在执行任务，请超哥您不要为难我们。"说着，向两个武警递个颜色，两个武警向前跨了一步。

杨超看走不了，说："那你等我跟林总请示一下行不行？"

警察说："你请示你的，我们查我们的。"

杨超无奈，走到路边打电话，两个警察车里车外，后备箱，车底盘，甚至前箱盖子都掀起来查看。杨超也不回头，直接对林玉坤说了情况。林玉坤问警察是哪一部分的，杨超说，警察他认识，是公安局治安科的。林玉坤让杨超配合检查，就把电话放下了。

"非法捕猎？"放下电话，林玉坤皱起眉头，拿出手机点出县委的官网，果然看见县政府昨天发出的一份文件，内容是最近发现有人在山中非法捕猎黑熊等保护动物，根据上级指示，开展严打行动，在各出山口严格检查，一旦发现非法捕猎的动物，一律扣留云云。

他又给张禹打了个电话，张禹说是有这么一回事儿，昨天下午新开的会，并且再次提醒他最近做事要谨慎些。林玉坤听了，觉得心中不安。这吴家寨如果没有那一条隧道，说好听的是一个世外桃源，说不好听的就是个大号监狱。一旦出山的路被封，再想逃出去就费劲了。这也是当初为什么秦海石不往外逃而是上山的主要原因。

林玉坤心中升起一种不好的预感，拨了电话给北京、香港等地的"朋友"，询问他们那边的情况。都说虽然风声紧，但并没有暴露，可是最近也都出货比较少。林玉坤的眉头越皱越紧，他觉得现在的局势虽然平静，但却是透露出杀机的平静，就仿佛在等待一颗炸弹的爆炸一样。他本来想按兵不动，以不变应万变，但他有种预感，总觉得有人会对他下手，如果是那样，那些货放在手里就会非常危险。哪怕只是被拍了一张照片，也能成为他难以翻身的罪证。与其束手待毙，还不如放手一搏。

林玉坤让赵倩把蒋慧来找来，把情况说了一遍。蒋慧来说："林总算无遗策，从前几个月让我们小心行事，我们就已经在注意收紧了。那些'大货'一出一入都安排得很好，在咱们手里停留的时间都很短。最近的货里面，其实也只有三五样是'大的'，其他的无非就是些高仿货，普通古玩古董。只要把'大货'运走或者藏起来，就不怕被抓到把柄。其实那几样'大货'装起来，两个行李箱也足够了。但要想一个万全的办法，把这两个箱子运走。"

林玉坤蹙眉不语。

蒋慧来说："您让张禹来一趟不就得了？谁敢查他的车？"

林玉坤摇了摇头。如果现在真有人在查吴家寨，那也是更高层的人在查，一个小小的副县长算个屁。但是蒋慧来的这句话却给了他很大的启发，他忽然想起来一件事，就对蒋慧来说："你让他们几个都过来，我们商量个事儿。"

没有几分钟，大家都来了，包括保安队长丁行，还有市场部总监廖静衣、服务部总监马纯，等等。林玉坤对大家说："后天9月28号，是吴家寨开放旅游十周年。前不久小廖，"看了一眼廖静衣，"跟我说过搞一个十年庆典的事儿，我一忙就给忘了。你们都准备得怎么样了？"

廖静衣说："没问题呀。我们一直都在做准备，现在就剩发请柬了。"

"哦？"林玉坤大喜，连说了三个好，"好好好！那我就给你们拟一个名单。弄好请柬,今天就发出去!静衣跟大家说说准备的情况。"

会议最后,林玉坤给每一个人都布置了任务,如此这般,这般如此,每个人都领命去了。最后留下丁行,林玉坤问:"你和梁定芳上山航拍有没有什么发现?"

丁行说:"我们从航拍中发现了一个山洞,但是因为外边的树林太密,没办法接近。小梁他们回来后把视频做了处理,发现那个山顶是住过人的。但是没有发现有人的迹象,明天我们继续。"

林玉坤一只手掐着额头,另一只手轻轻点着沙发靠背:"为免夜长梦多,你一会儿就带几个人去那个山洞搜查。记住,要仔细查,只要是那个山洞里的,哪怕一张纸片,一块树皮也要给我带回来!继续留意山上的动静。那老头子就算再神通广大,还能成仙,不吃不喝了?你们盯紧,一旦发现那人的踪影,立马给我抓回来!"

丁行答应一声:"是!"

36
十 年 庆 典

邵大齐收到北京来的邮件，说对林玉坤的奶奶周娟儿的调查已经有了结果，已经基本可以确定，周娟儿就是当年从卧龙山逃出去的土匪头子林云南的小妾。这是其一。其二，根据冯坤定的口供，已经可以证实吴家寨民宿旅游服务集团涉嫌走私文物，上级批准了邵大齐的方案，支持他在吴家寨获取证据，但要把周围村民和文物的安全放到第一位，绝不能让林玉坤毁坏文物，或者伤及周围村民。为了防止林玉坤把证据转移，上级通过相关渠道，抓住一个偷猎黑熊的事件，让县政府做出防止非法捕猎，各出山口拦路检查的决定。

邵大齐的方案有两个难点：一是在吴家寨获取关键证据。吴家祠堂经过林玉坤这些年的苦心经营，地下被守得铁桶一般，势必难以接近。没有实打实的证据，还是很难给林玉坤定罪。二是保护文物和村民的安全。因为林玉坤在吴家祠堂的地下埋伏有炸弹，如果行动暴露，林玉坤被逼急了，就会引爆炸弹，给国家的文物和周围的村民构成极大危险。

警察也不能直接上门去搜查吴家祠堂。根据刘刚的说法，局里已经有了林玉坤的眼线，即使是突击搜查也很难不走露风声。一旦惊动了林玉坤，他们转移证据不说，还可能会反过来污蔑警方滥用职权。现在是社交媒体时代，警方如果无功而返，就有破坏群众致富，影响民宿旅游的责任。这个责任谁也承担不起。

邵大齐想来想去，还是要争取在不惊动对方的前提下，潜入吴家祠堂获得证据，然后再让警方突击搜查，打敌人一个措手不及，到时候人赃俱获，林玉坤就难以翻身了。但是这样做最大的风险是一旦被对方发现，不但影响文物的安全，还可能引起侦查人员的牺牲。唯一的办法就是做好万全的准备，充分发挥吴豹、秦杉、梧桐这些当地人熟悉地势地形的优势，避免引起伤亡。

现在摆在邵大齐面前的难题是：如何突破地下各入口的防卫，进入到核心地带。邵大齐把自己学过的知识和从小看过的战争的电影，翻来覆去地琢磨，都没有想到什么"神不知鬼不觉"的办法，急得嘴上都起了泡。

他把住在紫气阁的各位找来，让大家集思广益，献计献策。大家听了也是挠头。一个个方案都被否决掉了。梧桐看大家讨论得辛苦，特意让王婶做了一桌丰盛的饭菜，就摆在邵大齐的房间。正在大家边吃边议的时候，小美跑进来说："桐姐，村支书来了。"

梧桐赶紧出门下楼，到了大堂，村支书吴记正站在大堂中央。看见梧桐下楼，连忙堆起笑容，变回一个老实巴交的农民的样子，憨憨地对梧桐说："桐桐啊，你还生记叔的气呀？唉，记叔我也是被逼无奈呀。你看看那天的形势，我要是不果断，恐怕早被人干死了。"

梧桐没有说话，冷冷地问："你今天来有什么事儿吗？"

吴记笑着说："好事儿好事儿。咱前些日子不是说过，咱吴家寨改革开放，开展民宿旅游就已经十周年了。我跟旅游公司，哦，是集团，集团的林总商量好了，后天28号，我们搞一个大型的庆祝活动。喏，这是给你的请帖。哦对了，林总特意嘱咐，要你代表吴家寨的民宿酒店上台发言呢。"

梧桐接过请柬，问了一句："活动在哪儿搞啊？"

吴记说："就在吴家祠堂。只有那里的大会议室能盛下100多号人啊。"

梧桐听了心里一动，对吴记说："您请回吧。我想想。"

吴记说："还想啥呀。这是大事儿。到时候省里还来领导呢。说不定还有省电视台的记者。到时候你上台发言，那有多风光！"

梧桐不愿意跟他多说，敷衍两句把他打发走了。回到邵大齐的房间一说，邵大齐的两眼亮了起来，跟梧桐的两只眼睛四目一对，双方都看出来对方的心思。真的是"心有灵犀"！邵大齐一拍巴掌对大家说："同志们，我们的机会来了！"

梧桐、吴豹、秦杉、刘德建、李怀鹏，五个人的十只眼睛都盯在邵大齐脸上，邵大齐嘿嘿儿一乐，说出了自己的想法。大家听了，都拍手叫好。

很快，邵大齐的计划就被北京批准了。邵大齐又跑了一趟县城，在那个茶馆跟刘刚聊了一个下午才回到紫气阁。

邵大齐走后，刘刚把刑警队长李夫雄叫到面前，如此这般，这般如此地吩咐一遍。李夫雄领命去了。

与此同时，一个电话从吴家寨打到了副县长张禹的办公室。

9月28日，是一个秋高气爽、阳光明媚的日子。整个吴家寨喜气洋洋，吴家祠堂更是披红挂彩，一派节日气氛。

林玉坤显然做足了功夫，吴家祠堂里里外外都打扫得干干净净，从吴家祠堂大门出去一直到村东口的进山公路两旁，都插上了五颜六色的彩旗，彩旗上写着"热烈庆祝吴家寨开放旅游十周年"，村口处还有巨大的横幅，写着"热烈欢迎各级领导光临指导"。

早上十点钟过后，就看见一辆接一辆的小轿车开进村来，林玉坤西装革履，吴记一身崭新的中山装站在吴家祠堂大门口迎接贵宾。林玉坤的秘书赵倩穿一袭淡蓝色旗袍，白色高跟鞋，长发扎成马尾，把来到的贵宾从大门口一一领进贵宾室。贵宾室里，有旅游公司的高管和村委会的成员负责接待嘉宾。

中午是一个简单的自助餐，就在开会的大会议室。这个大会议室平常是旅游公司的员工餐厅，从大门进来过了影壁墙就是。穿过餐厅就是吴家祠堂的前院。前院很大，上房和东厢房是村委会所在，西厢房是旅游公司的接待处。上房之后就是后院，也就是从前的小学校，现在的"吴家寨民宿旅游服务集团"的办公场所，大大小小总共有20几个房间。因为今天来的客人多，大部分客人的车子就停在大门外，只有少数几位主要领导的车可以开进前院。

所有来宾都有邀请函，带秘书和助手来的也得到了邀请函，能够参加今天活动的村里的人员都发了入门票。门口把得很严，没有邀请函和门票谁也别想进去。按照林玉坤的指示，总人数控制在100人之内，包括省县两级电视台及相关报社的十来名记者。

民宿酒店的经营者和村子里德高望重的老人都被邀请，梧桐和吴豹当然也在邀请之列，梧桐还要作为民营民宿酒店的代表上台发言。

自助餐之后，领导们在旅游公司接待室临时改成的贵宾室喝茶聊天，到下午两点的时候，观众进场。两点半，赵倩袅袅婷婷地走上临时搭建的舞台，扶了扶麦克风，宣布大会开始。

"各位领导，各位来宾，吴家寨开放旅游十周年纪念大会现在开始！"

一阵掌声之后，赵倩接着说："吴家寨开放旅游的十年，是经济上突飞猛进的十年，是吴家寨的人民致富奔小康的十年，在这个过程中，我们得到了各级领导的大力支持和亲切关怀。在这里，请允许我介绍今天到场的嘉宾。这位是省旅游局党委副书记、省旅游局长魏继峰先生，这位是省文明办副主任姜丽平女士，这位是省发改委沈从玉处长，这位是县委书记韩滨阳先生，这位是县委副书记、县长杨开放先生，这位是县委常委、县政法委书记张禹先生，这位是县旅游局局长孔庆生先生。"每念一个名字，大家就热烈鼓掌。介绍完了来宾，赵倩左手伸向第一排中间方向，说："现在，就请吴家寨民宿旅游服务集团董事长兼总裁林玉坤先生致欢迎词！"

在大家热烈的掌声中，林玉坤走上台致辞："各位领导，各位来宾……"

会议进行得很顺利，一直开到下午五点。会议之后，林玉坤、吴记、梧桐带着各位领导参观了紫气阁、东来阁等几家民宿酒店，村里的几位德高望重的老人还挥毫泼墨，现场创作了一些字画，送给了几位领导。夕阳之中，大伙儿还登上了卧龙亭一起拍照留念。之后，省里的领导就告辞回城。剩下县里的领导们又回到吴家祠堂。

37

内 鬼

晚上七点，天刚刚黑下来的时候，晚宴开始。晚宴的地点，还是在下午开会的会议室。

在酒席宴第一轮敬酒开始的同时，前院里一辆奥迪车中下来一个人，这辆车，是县委书记韩滨阳的车，下来的人正是邵大齐。前院的保安虽然注意到邵大齐，但是车子能进院子的都是大官儿，保安不敢怠慢，赶紧上前，邵大齐戴了一副金丝眼镜，向保安挥挥手，意思是你别管我。保安会意，站回原地。邵大齐举步走进了村委会。

村委会里有两个人，一个是吴豹，另一个邵大齐不认识，是村治保主任吴庆祥。两个人在一起下象棋。吴豹看见邵大齐进来，赶紧站起身来，鞠躬说："哟，您不是邵先生吗？您怎么没去吃饭？"转身向吴庆祥说："这位是跟县委韩书记一起来的邵先生，下午见过的。"邵先生什么身份，别说不知道，知道也不能说。

吴庆祥赶紧弯腰行礼:"邵先生好。"邵大齐倨傲地颔首:"你好。这个吴家祠堂很有意思啊,我可不可以参观参观啊?"说是商量实际是命令的口气。

吴庆祥一怔,马上摇头:"这可不行。林总吩咐过,什么人都不能放进去。要想进去,必须有他的批准。"

邵大齐鼻子里"哼"了一声,"哦?一个小小的公司经理,这么大权力?好!我坐这,你去跟他说吧。"

这个时候,前面会议室的扩音器里再次传出来林玉坤讲话的声音:"尊敬的韩书记、张书记……"吴庆祥犹豫起来。吴豹旁边悄悄说:"庆祥叔,这位来头不小啊,咱们可得罪不起。你不如看看他的证件,记录一下让他进去。"

吴庆祥想了想,同意了。拿过一个本本,上边画了很多格格。邵大齐并没有拿起笔,而是对吴庆祥说:"我说,你记。姓邵,名齐,邵齐。中共中央精神文明建设办公室。要留电话吗?"吴庆祥吓了一哆嗦,赶紧说:"哦,不用不用。您,您签个字吧。"邵大齐在本本上随便划了几笔,就施施然走进后院。吴豹拉着吴庆祥继续下棋。

后院里并没有邵大齐想象的那么紧张,大部分房子的屋门都上了锁,想必是到前面服务会议去了。偶尔看见有的房间里亮着灯,有人在电脑前忙着,院子里仍然有保安巡逻。可恨的是这院子里连棵树都没有,邵大齐只能躲在房屋的阴影中,手里拿着一个微型夜视望远镜。

他从望远镜里看见一个房子的门楣上写着"董事长办公室",就知道这是自己要找的地方。门口站着两个人,高个子的，是林玉坤的保安队长丁行，矮个子的，是林玉坤的保镖杨超。必须把这两个人调开，邵大齐才能进到房间里面。

邵大齐蹲在前面房子的阴影中，看着表，大约是八点十分的时候，天空中忽然乌云密布，不一会儿就淅沥沥下起雨来。西边围墙处突然"啪"的一声，接着就听有人喊："谁？干什么的？"然后是脚步声，手电筒的光柱向出声地方射去。邵大齐暗喜，知道是吴豹在引开这些人。很快，一个保安跑到丁行面前，报告说："丁队长，刚才好像有人想要翻墙进来，踩掉了一块砖。"丁行急问："那人呢？"保安说："刚才听脚步声是朝北方向跑了，但是不知道是进来了还是在墙外。"

丁行骂了一句"废物"，从身边抄起一把枪，对杨超说："超子，你在这儿盯着，哪儿也不许去，我去看看。"杨超答应一声，丁行飞奔朝北去了。邵大齐看着杨超雕像般立在门口，心中焦躁，大脑急转，也没想出办法。

在邵大齐无计可施的时候，东边墙有人呼喝："在这儿呢！站住！"正是秦杉的声音。

没想到杨超还是肖立不动。邵大齐正急切间，一个苗条的身影从灯光中走出来，是林玉坤的秘书赵倩，她对杨超说："超哥，那边好像有情况啊。你去看看。"

杨超犹豫着，赵倩说："林总让我来拿酒。我在这儿，你快去快回。"杨超还在犹豫，就听见东墙方向响起两声闷闷的枪声，那是猎枪射击的声音，接着就看见两条大狗不知从哪冒出来向东墙扑去。杨超终于不再犹豫，往腰里摸了摸，撒丫子跑去了。

赵倩在门口停留了一下,四周看了看,在邵大齐藏身的方向有意无意地停留了一下,转身进屋,在酒柜上拿了两瓶茅台,关上柜门,又朝邵大齐方向看了一眼,把手伸在旁边书柜的侧面,就见书柜向旁边移动,露出一个暗门。没等全部打开,就往回移动关上。邵大齐明白这是她在向自己示范,心里又惊又喜。

赵倩直接走出门,向邵大齐的方向点了点头,高跟鞋有节奏地踏着地面"哒哒哒"地去了。邵大齐一个纵身,蹿进屋里,关上门,打开书柜,一闪身,进入暗门。暗门下面是一个楼梯,有灯,邵大齐掏出手枪,小心翼翼地拾级而下。刚下到地面,身后转出一个人,刚问了一句:"是林总吗?"邵大齐身子都没转,直接向后一个肘击,正中那人咽喉,那人咕咚一声倒在地上。邵大齐掏出胶带封住他的嘴,又把他绑起来扔在路边,沿着通道向前。走了有二十几米的样子,进了一个山洞,却是空空如也,什么都没有,邵大齐心中一惊,难道他们已经把赃物转移了?正想着,一左一右扑过来两个身影,邵大齐不再闪躲,右手腰间拔出甩棍,向下一蹲,一个扫堂腿急速发出。来的两人没想到对方反应如此之快,待到躲闪,已是来不及,甩棍正中右边那人的后脑,那人一声不吭,栽倒在地。左边的一个,被邵大齐的扫堂腿扫中膝盖,就听咔嚓一声,是膝盖破裂的声音,张嘴刚要大叫,就被邵大齐的手肘重重击中了颈部,晕死过去。

邵大齐低头看看两人,掏出胶带把他俩的嘴封上,又拿绳索捆好手脚,把他们丢到一边,继续在山洞里搜查。但是找来找去,也只找到另一条通道。顺着通道下去,发现了另一个山洞,只不过这个山洞的四周有若干小的山洞，就像是天井四周的屋子，屋子里都亮着灯。

邵大齐有点焦躁，决定过去看看。结果从下来的通道刚露出头，就听到一声断喝："什么人？"还没等他答话，"砰"的一声，对方开枪了。邵大齐掏出手枪刚要回击，就听见山洞对面响起了枪声，而且不是一声，是密集的枪声。山洞里的人显然有点发懵，马上转头朝另外一个方向射击。邵大齐知道另一个出口的援兵到了，便沿着石壁，一步步向最近的小山洞逼近。

只要感觉有人靠近，他就不管三七二十一地开枪射击，就这样，一个一个倒下三四个，外边的战斗仍在继续。他逐渐往枪声密集的方向开进，试图跟通道口的援兵汇合。

外面接应的，是公安局长刘刚派来的刑警队，队长李夫雄，老刑警、法医赵全海，女警李佳都在。就快接近通道的时候，老刑警赵全海从通道中一个箭步冲进了山洞，朝着邵大齐藏身的方向蹿了过去，洞里的匪徒们，就是林玉坤的部下，枪口还没来得及调过去，就被李夫雄他们的射击压住了。

李夫雄大喊："小邵，证据我们找到了！"

邵大齐惊喜交加，正要问在哪儿找到的，却见蹿到自己身边的赵全海掏出手枪指着自己的太阳穴，高声道："不许动！所有人，把枪放下！"

这一突如其来的变故把所有人都整懵了。

只见赵全海蹿到邵大齐身边，拉住他的手，邵大齐忽然感觉不妙的时候，手臂已经被拧在背后，赵全海左手用手枪指着邵大齐，高声喊道："都把枪放下！"

刘刚等人都目瞪口呆。尤其是李夫雄，指着赵全海的手颤抖着，一时说不出话来。

赵全海把邵大齐推到有灯光的地方，对面的李夫雄等人喊道："李队，实在对不起。我是吃人嘴短，拿人手软，我不能忘恩负义。这事儿跟我关系重大，我就算不死也得判个十年二十年，还不如死了。"

邵大齐大声说："你以为杀了我就能替林玉坤摆脱罪名吗？我查出来的东西早就报告给上级了，你杀了我也救不了林玉坤！"

赵全海冷笑道："你哪个耳朵听见我说林总了？文物是他手下藏起来的，也是他手下交给省旅游局的领导要带出山的，跟林总没有任何关系！我杀你完全是出于个人恩怨，更跟林总八竿子打不着！"

李夫雄大声说："老赵！我们这么多年的兄弟了，你听我一句，别做傻事！就算你受过贿，只要伏案自首，也不是死罪。可如果你在这儿开了枪，杀了人，性质就完全不一样了。你想想年迈的父母，再想想你老婆，你大儿子马上要上大学了，老二还小，你要是犯罪，那就是害了俩孩子一辈子呀！"

赵全海流着眼泪，说："李队，这些我早就想过，我……我也是没办法啊。"

女警李佳哽咽着说："叔，你把枪放下，我们都会帮你想办法的。你先放下枪啊！"

赵全海迟疑了，邵大齐抓住了他这一瞬间的动摇，左手反手握住他的枪，使枪口偏向一边，右手猛然抓住他的脖子，用力一拧，身子旋即跟上，立刻缴下了他的枪，把他按倒在地。

赵全海颓然叹息，束手就擒了。

邵大齐立刻问刘刚："东西呢？在哪儿找到的？"

刘刚说："你猜的很对。林玉坤整这一出庆典，就是为了从外面找人把赃物转移出去。我们严格搜查出山的车辆，其他人的车都没查出问题，到了省旅游局局长魏继峰，他的司机说什么也不让查。魏继峰也说，他那几幅字画都是村里老人们给画的，他是拿回去当纪念。我就装作被他糊弄过去了，让人放行。等他们出了山，我们在半路又截住了他，那是一处隐秘的地方，没有被人发现。我们按你说的，在他的车厢内壁里找到了一些字画，里面就有你说的那几件文物。"

邵大齐喜道："做得好！你们放他走之后，他肯定跟林玉坤通过电话，说已经顺利出山了。"

刘刚说："是的，我们查了他的手机，他确实跟林玉坤报信来着。"

赵全海在地上嘿嘿冷笑，说："你们别高兴得太早了。这个地道四通八达，刚才我们打了这么久，肯定有林玉坤的手下听到。这个时候他们早把信报给林玉坤了。"

邵大齐一拍脑袋："会场！刘局，证据已经到手，现在就是抓人了。李队长，您带几位同志跟我去会场，争取控制住林玉坤。刘局，你多带点人从外面包抄会场，千万别让林玉坤跑了。"

38
生 变

晚上八点钟,天上开始下雨的时候,吴家祠堂临时宴会厅里正是酒酣耳热的时候。酒过三巡,菜过五味,领导都讲完了话,大家都在频频举杯,说着热情洋溢的各种应酬话。

林玉坤风度翩翩地举着酒杯,跟各路领导、村民交谈,应酬有度,频频敬酒,笑得畅快,显得十分的好心情。他得到了两个好消息,一是下午丁行和梁定芳带着人去卧龙山,根据航拍信息,找到了一个山洞,虽然没搜到人,但根据那些东西,能够确定就是秦海石的住处。他们把那里翻了个底朝天,里面有不少银元、钱币,很可能也有藏宝图的蛛丝马迹。这些都被搬到了他的密室,以后可以慢慢查。第二个好消息是,他刚才接到了省旅游局局长魏继峰的电话,对方告诉他,已经带着货顺利地过了关卡。这就说明,他现在已经可以高枕无忧了。

外面的雨越下越大,林玉坤笑着站起身来,正想要继续敬酒,忽然有个手下从门外跑了进来,一脸焦急,在他耳边嘀咕了几句。

梧桐一晚上都在关注着林玉坤,她看到林玉坤的脸上都变了颜色,立刻知道邵大齐他们动手的消息已经传到了这里。

林玉坤的脸色变了几变,最后强装镇定,

放下酒杯,跟大家作了个罗圈揖,笑着说:"各位领导,抱歉啊。北京的电话,打到办公室了。我去接一下,失陪失陪。"说着起身要离开。

梧桐旁边看见了,知道后面已经动手,就试图阻拦一下。她一拉林玉坤的衣袖,醉眼迷离的样子说:"哎,林总,各位领导的酒您都喝了,我这杯您还没喝呢。"林玉坤被拽住袖子,看见报信那人的焦急神色,把杯子里的酒一扬脖,全部干掉,对赵倩说了句:"你们在这儿好好陪各位领导。"转身就走。

大家没觉得有什么奇怪。林总从北京来,北京来电话打到办公室再正常不过。看林总的神色,估计是有要事,所以除了梧桐这个不懂事的丫头,大家也都没有阻拦。

没想到梧桐拽住林玉坤的衣角不松手,还说:"林总,您是我们吴家寨的大恩人,我们做民宿的都感激您。这样,我再敬您一杯。"

林玉坤忽然停下了动作,意味深长地看了一眼梧桐,说:"哎,你这丫头倒是提醒了我。这电话是北京董事会打过来的,问我今天招待会办得怎么样。不如你跟我一起去接这个电话,跟董事会说说我这个吴家寨大恩人的工作,帮我美言几句,怎么样?"

周围的人不知道究竟发生了什么,一片跟着起哄叫好的。

梧桐知道林玉坤一定有预谋,但是骑虎难下,只得缓慢地起身。

几个桌子之外的吴豹猛地站了起来,大声说:"林总,我姐下午刚发言过,也该给我给个表现的机会吧?我跟您去!"

一旁坐着的吴记再傻也知道此时发生了什么,他假意劝阻吴豹:"别瞎闹。你桐姐是研究生,会说话,让你桐姐去。"

县里那几个领导不知究竟,还以为真有董事会的电话,都说:"咱们一起去!跟董事会说一下我们这边发展的大好形势,争取给村里再拉点投资!"

梧桐本来是想把林玉坤留在会场,没想到这一来却被林玉坤反制。无奈之下只得起身,一行人在林玉坤的带领下来到了后院的办公室。这一共是七个人,包括县委书记韩滨阳,县委副书记,县长杨开,县旅游局局长孔庆生,吴家寨村支书吴记,吴家寨副村支书吴大友,民宿酒店代表梧桐。

他们被领进后院的一个办公室。这间办公室面积不小,里面有一个大写字台,写字台前面有沙发和椅子。林玉坤一言不发,走进里屋。其他人就在沙发或者椅子上找地方坐下了。

韩滨阳还大声说:"林总,咱们县里管民宿旅游工作的都在这儿了,董事会需要了解哪方面,您就出来叫我们。我们要争取更多的投资,再来更辉煌的十年!"

话音未落,丁行和杨超已经带了五六个保安模样的人,举着电棍冲进来,把梧桐等人团团围住。

韩滨阳等人大吃一惊,都说:"林总呢?这是什么意思?"

林玉坤推着一个五花大绑的女人从里屋走出来。梧桐定睛一看,那个女人,竟然是杨音若。

林玉坤右手抵在那女人肩膀上,左手拿一支匕首放在那女人脖颈上,冷笑道:"什么意思?我倒想问问各位领导是什么意思。你们派人来闯我们公司的禁地,还诬陷我走私文物。我这些年对吴家寨鞠躬尽瘁,你们就用这些暗算报答我?"

"说的真比唱的还好听!"邵大齐举着枪进屋,后面是四个全副武装的警察,以及刑警队长李夫雄。他们的枪口指向丁行和杨超等人,屋里的形势立即扭转。

李夫雄说:"你的同伙魏继峰已经承认受你委托转移文物,你们想要藏匿的几样文物也已经被我们查获了。你还拒不认罪?"

林玉坤哈哈一笑:"笑话,我林某人叱咤江湖这么多年,想要给我泼脏水的人多了去了。就凭一个魏继峰,你们就以为能扳倒我?"

邵大齐说:"你还真是不见棺材不掉泪啊!冯坤定、魏继峰、蒋慧来,将近十个人证都定不了你的罪?抛开这些不说,就冲你私藏武器,挟持人质,也足以入刑了!"

林玉坤一梗脖子:"私藏什么武器了?那是手下人偷摸做的,我不知情!现在是你们诬陷我在先,我这叫正当防卫。这个女人也不是好玩意,派人到我公司来偷东西。别扯那些没用的,我要去找我的律师,回来咱们法庭上见!韩书记,给我安排车!"

韩滨阳已经看得目瞪口呆,这时候才反应过来:"林……林总,这里面可能有误会,不如你把刀放下,咱们好好解释,总会真相大白的。"

"你手下这些精兵强将,可不会听我解释的。"林玉坤冲周围瞥了一眼，示意杨超和丁行等手下聚到他身边，"赶紧安排车！等我到了安全的地方，咱们再走法律程序。"

吴记悄悄地在韩滨阳耳边说："韩书记，那女人可是咱们吴家寨吴元吴司令的夫人。可不能让她在咱们地界出事啊。"

韩滨阳一时间手足无措："吴……元？啊呀，他夫人怎么会在这儿啊？这到底是怎么一回事啊……"

李夫雄的枪口稳稳地指着林玉坤，对韩滨阳坚定地说："韩书记，林玉坤及其同伙涉嫌走私文物，证据确凿，今天绝对不能放走他！"

杨音若被林玉坤抓在手里，她的嘴被布条堵住，说不出话，只是满眼流泪，哀求地看向韩滨阳等人。她听到李夫雄的话，觉得今天很难脱身，惊惧之下，腿一软，眼一翻，竟然晕了过去，瘫在林玉坤脚边。

林玉坤怒气冲冲地踢了她几下，没把她踢醒，恨得举刀要刺。

"慢着！"清脆的声音打断了林玉坤的暴行，梧桐施施然站了起来，"林总，您放开她，我来当您的人质。"

"不行！"邵大齐和吴豹一起急了。林玉坤看在眼里，计上心头，"哦？想不到吴老板竟然有这个胆量，在下佩服。既然是这样，那就恭敬不如从命。"

梧桐望了焦急的邵大齐一眼，走向林玉坤，林玉坤把杨音若一脚踢开，韩滨阳等人赶紧扶住她。

"那我就借您几位的车一用，等我到了安全的地方，自然会放了这丫头。"林玉坤冲韩滨阳等人阴测测地一笑，"不好意思啊,今天让领导们受惊了。"

  他手里的匕首紧紧地抵住梧桐白皙的脖颈,周围又是丁行、杨超等打手,邵大齐、刘刚和李夫雄无计可施,只得让出一条路来。走到院里,刘刚已经带更多的警擦包围了院子,但是见他手里有梧桐,也是无计可施,只能眼睁睁地看着他一路走向停车场。

39

激 战

林玉坤得意洋洋，押着梧桐走到韩滨阳的座驾前。杨超迅速奔向驾驶座，丁行弯下腰给林玉坤打开车门，林玉坤先是把梧桐往车上一推，随后就要跟着坐进去——

就在这时，急变突生。轿车里一双腿狠狠踢出来，正中林玉坤前胸，他被踢得坐倒在地，抚着胸口，好像喘不上气来一样。原来秦杉正藏在这辆车上，他先踢中林玉坤，同时一按梧桐，大喝："卧倒！"两腿已经又腾空旋起，踢向驾驶座的杨超。杨超还算敏捷，猛地低头躲过，仍是肩膀上中了一脚，退到车外，滚到车底下。秦杉不待双脚落地又从车门踢出，丁行躲避不及，颈椎咔吧一声，头软软地垂下，竟然被踢断了脖子。邵大齐和刘刚等人抓住机会立刻开枪，林玉坤的手下有反应快的，从腰里拔出手枪还击，反应慢的已经中枪倒在地上。

杨超从车底另一侧滚出来，一边冲警察开枪还击，一边退到林玉坤身边护住他。这时林玉坤的手下只剩下两三个，被秦杉飞快地干掉。林玉坤一边躲到车后,一边吹了几声口哨。就见后院里飞快地蹿出两条黑影,正是他养的那两条大狗。林玉坤催着狗冲秦杉扑去,畜牲凶猛,秦杉一时被牵扯住,不能去抓林玉坤。警察们合围起来,逐渐缩小包围圈。吴豹从轿车另一边开门把梧桐拉下了车,把她推到安全的地方,并且掏出弹弓,试着打那两条黑狗,但是又怕误伤了秦杉,显得左右为难。

擒贼先擒王,邵大齐半蹲在车后,手中的枪瞄准了林玉坤。还没扣下扳机,却见白光一闪,轰隆一声巨响,地动山摇。吴家祠堂后院仿佛塌了一角,不知道那边有多少人在,一时间惊呼声、哭叫声响亮地传了过来。

"都他妈别动!"林玉坤怒气冲冲地大喊,直起腰来,把手机高举过头顶。

邵大齐暗叫不好,忙喊住大家:"都放下枪!"

林玉坤呵呵笑着,看向邵大齐:"小子,真有你的,看来你早就知道了吧。"

邵大齐苦涩地笑了一下,"我知道你在这祠堂下面埋了炸药。"他回头看了一眼秦杉,秦杉已经干掉了一只黑狗,另一只也被他踹断了脊背,正在地上嗷嗷惨叫,他正在攻击林玉坤的另一个手下,眼看就要拧上那人的脖子,"秦大叔,住手吧……这下面有炸药,非常危险!"

秦杉只得停手,林玉坤喊了一声:"老李,过来!"那个手下慌忙跑到林玉坤身边。现在林玉坤身边只剩下老李和杨超两个打手。

林玉坤冷笑着:"想不到你们今天能把我逼到这个地步。我苦心经营了近十年,请高人为我布置下这炸药库,刚才只是炸掉了一点边角，再来我可就要动真格的了。你们最好别逼我，不然这一下不光是炸掉吴家祠堂，你们所有人，连同整个吴家寨都得被埋在卧龙山下！"

韩滨阳先叫起来："别别别！林……林总，有话千万好好说，我们这里的老百姓跟您无冤无仇，千万千万别动手。"

林玉坤冲他笑笑，"当然。韩书记，我对咱们吴家寨也是很有感情的嘛。你放心，只要你们放我一条生路，我也不会赶尽杀绝。"他示意杨超去开直升机，又意味深长地看了一眼吴记，"别人不知道，村支书是知道的，咱们这吴家祠堂下面有的是山洞地道，我这些炸药埋在哪儿，你们没个十天半月排查不出来。我这手机关联到炸药的机关，只要我在境内，随时都可能按下去，那这百年祠堂可就保不住了。当然，我也不想这么做。我只是给自己争取一点时间，等我到了国外，咱们这些事我绝不追究。"

韩滨阳无计可施，只得冲刘刚点点头。林玉坤命令警察们都扔掉枪，站到院子的角落里。众人看看他拿的手机，只能照办。

直升机的螺旋桨呼呼地转动着，慢慢地落在后院停车场。杨超大声喊："林总，咱们走！"

林玉坤却不着急，慢慢地走向从警察们手里缴下的那堆枪，从里面挑出一把，推上膛，笑着走向秦杉。秦杉高昂着头，连看都不看他一眼。

"啪！"林玉坤对准秦杉的左臂开了一枪。

"不！"梧桐惊呼一声，想要冲过去，被邵大齐死死抱住。

鲜血从秦杉的胳膊上流到地上，秦杉脸色发白，但仍是紧紧地抿着嘴唇，哼都没哼一声。

"哈哈哈哈哈，好样的！不愧是秦海石的儿子！"林玉坤冲他伸了伸大拇指，"行了，咱们两家的恩怨到此为止了。"

秦杉盯着他的眼睛，慢慢地说："这事……你说了可不算。"

林玉坤冷笑一声，刚想说话，却听见身后手下惊呼："林总……"他正要回头，却觉得手上被什么尖利的东西划过，钻心的疼痛传了过来，一直紧攥着的手机啪地摔到地上。

长长的鹰呖声响彻耳畔，攻击林玉坤的竟然是一只雄鹰。林玉坤顾不上震惊，回头就去地上捡手机，却被秦杉一脚踢开。邵大齐已经利落地一个翻滚，抓走了地上的手机。

"林总快走！"老李猛地推了林玉坤一把，挡在了他身前，接着痛苦地哭号起来。那只鹰又飞回来，鹰爪和翅膀抓住老李的头脸又拍又打，他脸上已经血肉模糊。

林玉坤不敢多看，手脚并用地爬上了直升机，"快走！快走！"

杨超已经拉升起飞机，地上的惨叫声离他们越来越远。林玉坤往地下看去，一个白发苍苍的老人正撮唇发出声响，驱动那鹰攻击自己的手下。

"秦海石这个老不死的！果然是他！"林玉坤恨恨地说。

"林总，留得青山在，不怕没柴烧。"杨超一边驾驶飞机，一边安慰林玉坤。

"轰！"一声巨响，仿佛什么东西击中了直升机的螺旋桨，飞机摇晃了几下，坠向地面……

"还没找到林玉坤吗？"刘刚焦急地问。

邵大齐摇了摇头。

他们已经带人搜寻了半天。虽然林玉坤的直升机已经坠毁在凤饮河畔，但在现场并没有发现林玉坤和杨超的尸体。他们当时刚起飞，离地面不高，下面又是凤饮河，很有可能掉到河里，并没有丧生。

"唉，我当时太心急了，生怕他们跑掉，才让黑熊用石头砸那个飞机……"一边坐着的秦海石摇头。

"这怎么能怪您呢。"秦杉胳膊上的子弹已经被取了出来，伤处也包扎好了，他吊着胳膊，安慰着父亲。

秦海石叹息一声："如果他们逃到这大山里，咱们可有的找了。"

让秦海石不安的，不仅是失踪的林玉坤和他的手下杨超，而且还有村支书吴记。林玉坤第一次引爆后，吴记混在救灾的人群中，已经找不着了。

"咱们这么多人，早晚能找到他们的。"梧桐也在一边安慰着老人。

深山，深夜，大雨如注。

卧龙亭边，林玉坤浑身湿透，委顿地坐在阴影中，任风雨吹打着。矮胖子杨超坐在身边，一言不发。他知道在这个时候，一句话说不对，就有可能引来杀身大祸。

临近午夜，一个人影在大雨中走上山来，林玉坤回到唯一还亮着的灯泡下面，迎接来人。只见那人身披蓑衣，头戴斗笠走进卧龙亭，一进来就对林玉坤说："这个时候在这儿见面是不是太危险了？"来的人正是村支书吴记。

接下来就是本书开头的"楔子"中描写的一幕。那个西装男人就是林玉坤,那个戴斗笠的男人正是村支书吴记。

林玉坤的确是从凤仪河中逃出来的,只是警察们没有想到,凤仪河有一段是在地下,林玉坤从地下的一个山洞钻进去,从通到卧龙亭西边的出口处出来。他知道吴记肯定放心不下藏宝图的事,没想到吴记还真的找来了。

林玉坤干掉了吴记和杨超,又回到了山洞。

进了山洞,林玉坤定了定神,没有往深处走。而是停在刚刚不被雨淋到的地方,看看时间,已经是凌晨一点。想了想,拿出刚才从杨超尸体上搜出的手机拨通了一个电话。电话那头的人显然是还没睡,说话中气十足:"哪位?"林玉坤说:"袁特助,我是林玉坤。"袁特助说:"这么晚了,有事儿吗?这是你的手机?"林玉坤说:"不是,是我同事的。这边出了点事儿,我现在要找个地方先藏起来,您和会长能不能帮帮我?"对方沉默,半响,说了一句:"你以后不要打这种骚扰电话了。我不认识你。"说完啪的一声就挂了电话。

林玉坤眼前一黑,知道自己这一回是上天无路入地无门了。

强烈的求生欲望支撑着林玉坤走向山洞深处,他在这里藏着一笔款子,还有武器和食品。他的打算是,实在不行,就向秦海石学习,上山躲几年再说。

就在刚刚走进自己藏东西的山洞口的时候,四个人从四个方向包围上来,其中一个,以迅雷不及掩耳之势抱住了林玉坤的腰,发力一摔,林玉坤应声倒下。其他人上来把他绑了起来。四个人中,两个是警察,另外两个,把林玉坤抱住摔倒的是刘德建,另外一个,是李怀鹏。

尾声　履约
E　　N　　D

三天之后，县委书记韩滨阳和县长杨开一起来到紫气阁，为吴家寨大案的破获开庆功会。会上，邵大齐、刘刚、李夫雄、李佳等公安人员和相关的武警官兵，还有梧桐、秦杉、刘德建、吴豹、李怀鹏等人都得到了表彰。

将功赎罪的赵倩特意找到梧桐和邵大齐，感谢他们给了自己立功的机会。

梧桐说："归根结底是因为你早就想要跳出他们的犯罪团伙，才会一看到有人来查案，就立马决定帮忙。你应该感谢自己，没有完全被他们蒙蔽。"

赵倩说："我看到他们倒卖文物，就为了钱，早就想要报案了，可是林玉坤老奸巨猾，把我们看得很严。他心狠手辣，我的家人在哪儿他都清楚，所以我一直在等待机会。那天看到这个同志，"她看了一眼邵大齐，"在后院找东西似的，我就知道肯定是有人要查这个公司了，就立马决定帮忙。"

邵大齐笑着说:"那你真是好运气,从这种犯罪团伙里脱身真不是那么容易的。"

吴豹手臂上缠着黑纱,眼圈红红的。公安局已经进行了DNA化验,认定从潜龙谷找到的尸体正是吴豹失踪多日的父亲吴元。在村民和救援队的帮助下,他将父亲的尸体带回村里,落土为安。虽然心情悲痛,但是杀父仇人吴记和林玉坤的悲惨下场让他得到了慰藉。天网恢恢,疏而不漏,大概就是这个道理吧。

梧桐拍了拍吴豹的肩膀,以示安慰。这时,只见一位长发老人在秦杉的搀扶下走到台上,从怀里掏出一张像是羊皮的东西,颤巍巍地说:"我是秦海石,在卧龙山上躲了50年。这个是当年土匪在卧龙山的藏宝图。有五个地点,它们都还在。现在,我把它们献给政府!"

台下一片热烈的掌声。秦海石老泪纵横,跟大家说了这些年的经历,在座的无不落泪。

接下来,梧桐登台,手里拿着一个油纸包,举起来对大家说:"大家不是都想知道我们家挖出了什么宝贝吗?今天我可以告诉大家,我们家什么宝贝都没有挖出来,我是为了找出害死我爸妈的凶手故意放出的消息。现在,林玉坤已经承认了,我爸妈,还有我吴元叔都是他和吴记设计害死的。现在吴记死了,林玉坤被抓了,我们两家大仇得报。可以公布这个大秘密了。这个文件是当初我们吴家的三位爷爷一起起草商定的,上边不但有三个人的印章、签字,还有手印。我给大家念一念。"

"公历一九六四年十二月八日,吴家寨三兄弟大兄吴茂,二兄吴盛,三弟吴丰共同立此约定,吴家后辈务必从之。吴家祠堂方圆近百亩,房舍三十余间,是吴家祖上祖祖辈辈传承下来的吴家共同财产,有中华人民共和国人民政府颁发的房契为证。过去连年以来,由于各种原因,吴家祠堂被政府征用至今。吴家与政府曾有约定,在未来政府不再需要吴家祠堂之时,将把全部房产土地及其中财务归还吴家并支付相应的租金。为了感谢共产党解放吴家寨,消灭土匪,以及防止未来子孙因为财产继承发生纠纷,特此约定:第一条,在天下太平时实施此约定;第二条,把吴家祠堂所有房产、地产及其中财务全部无偿贡献给政府,不得收取一文报酬;第三条,免除政府历年来使用吴家祠堂的租金,不得向政府索取一文费用。立此为证!"

念完了,大厅中一阵寂静,之后爆发出雷鸣般的掌声。梧桐把吴豹、李怀鹏,还有菲菲一起拉上台,问大家:"祖辈约定,我们是时候实施了。我已经打电话问过吴方大伯,他对祖辈的约定完全赞同,没有任何意见。你们有意见吗?"四个人异口同声喊:"没意见!"

县委书记韩滨阳满眼含泪,走上台接过文书和房契,对着梧桐五人深深一躬:"我代表政府感谢你们!"然后,对台下的县长杨开放说:"杨县长,我建议吴家祠堂申请非物质文化遗产,然后把它修旧如旧,变成一个公共文化基地,您看怎样?"

杨县长点头赞道:"好啊好啊,我举双手赞成。"台下又是一片热烈的掌声。

夕阳西下,卧龙亭内,邵大齐拉着梧桐的手,温柔地望着她的双眼,说:"告诉你个消息。"

梧桐有点紧张地问:"是好消息还是坏消息?"

邵大齐刮了她鼻子一下说:"不知道啊。我说给你听,你看是好消息还是坏消息,好不好?"

梧桐嗔道:"你这个家伙,说个话怎么吞吞吐吐的,再不说,我可不听了。"

邵大齐面对着落日,带着些神往地说:"组织已经批准了我的报告,同意我到咱们县公安局当副局长了!你可听好,不是挂职哦。"

梧桐听了,心花怒放,依偎在邵大齐胸前,用两只小拳头捶着他,小声地说:"你这个傻瓜,挂职就好了嘛。等你回北京的时候,我也跟你回去。"

邵大齐说:"啊?那你的紫气阁怎么办?吴老板不当老板啦?"

梧桐说:"猪啊你!谁说自己的企业就非要自己经营的?"

邵大齐一拍自己脑袋:"唉!我真是个猪!没关系啊,将来我好好干,再升职到北京你看成不,宝贝儿?"